反派千金轉職成超級兄控

Akuyaku Reijou, Brother Complex ni Job Change Shimasu.

浜千鳥
Chidori Hama

Kadokawa Fantastic Novels

彩頁、內文插畫／八美☆わん

contents

characters

葉卡堤琳娜・尤爾諾瓦

利奈轉生而成的少女戀愛遊戲
反派千金。
天敵是「過勞死」。

阿列克謝・尤爾諾瓦

尤爾諾瓦公爵家的年輕宗主。
葉卡堤琳娜的兄長。

米海爾・尤爾古蘭

少女戀愛遊戲的主要攻略對象。
皇國的皇位繼承人。

米娜・芙雷

葉卡堤琳娜的女僕。

芙蘿拉・契爾尼

少女戀愛遊戲的女主角。
平民出身的男爵千金。

伊凡・尼爾

阿列克謝的侍從兼護衛。

弗拉迪米爾・尤爾瑪格那

尤爾瑪格那家的嫡子。

反派千金
轉職成
超級兄控

Akuyaku Reijou,
Brother Complex ni
Job Change Shimasu.

序章 ～炸彈宣言（ICBM）～

尤爾古蘭皇國的三大公爵家之一，尤爾諾瓦公爵家的千金葉卡堤琳娜雖為高貴之身，但平日幾乎每天都會為了兄長向學生餐廳借廚房做午餐。

她的兄長阿列克謝年僅十七，卻已經繼承了公爵爵位。為統治廣大的公爵領地，以及統籌多面向的公爵家事業，他向魔法學園借了一間會議室充作辦公室，與幹部們一起致力於工作。由於工作量相當龐大，葉卡堤琳娜每天都在擔心能幹又生性認真的兄長會不會忙到過勞死。

會這麼真切地擔心這件事，是因為葉卡堤琳娜有著上輩子的記憶。

上輩子是個名叫雪村利奈的奔三社畜工程師，正是死於過勞。成天埋首工作的她，唯一的療癒就是少女戀愛遊戲「無限世界～救世的少女～」。最喜歡的角色是在那個遊戲當中登場，溺愛反派千金的兄長。為了看他這個並非攻略對象的小配角，連片刻的休息時間也全拿來玩遊戲了。

回想起這段上輩子的記憶，結果自己成為了那個遊戲中的反派千金，葉卡堤琳娜・尤爾諾瓦——

不，與其說是變成她，應該說是兩個月前記憶甦醒的當下，在這輩子的千金葉卡堤琳娜心中作為另一個人格覺醒，從那時開始花了三天才融合了上輩子與這輩子的兩個人格就是了。在那段時間，只要有一點狀況便會啟動閉鎖機制而昏倒，真的有夠困擾。

覺醒時，我不禁打從心底覺得這是什麼鬼狀況。自己竟然身在遊戲裡面，而且還活在那個世界中。

然而，這樣的想法馬上就改變了。親眼看到的兄長阿列克謝，遠比遊戲當中的他更有魅力，也打從心底深愛著身為妹妹的自己。冷酷型的他雖然對身邊的人擺出高傲的態度，但面對妹妹時只會一味寵愛，是個始祖型傲嬌的妹控。上輩子最愛的角色一味地寵愛著自己的人生未免太棒了吧。太棒了。

兄妹倆在出生之後馬上就被拆散，並各自在寂寞的環境中成長。而拆散兩人的祖母——生來便是皇女的身分讓她做事總是為所欲為——亞歷山德菈欺負媳婦的行徑，使得母親安娜史塔西亞跟葉卡堤琳娜遭軟禁在公爵領地的別館，被迫過著辛勞的生活。這不僅讓阿列克謝覺得不捨，也感到很內疚。更何況當阿列克謝繼承了爵位之後，立刻便想救出母親，卻因為長期辛勞的生活，讓她在臨終時將只見過那麼一次的兒子誤認成丈夫，並與世

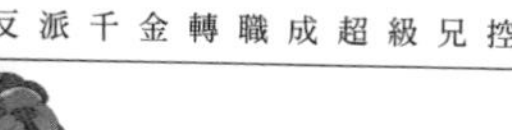

長辭。長得和母親相似的葉卡堤琳娜即是他唯一的家人。他會如此溺愛妹妹，也是基於這個原因。

遊戲設定裡根本沒有寫到這樣的成長過程！兩個人都好可憐啊！

若是照著遊戲的劇情走下去，反派千金跟她的兄長皆會迎來毀滅。既然有了上輩子的記憶，我絕不會讓這種事情發生。何況還有遊戲路線是魔龍王會率領所有魔獸襲擊而來，皇國也因此滅亡。我絕對不會讓這種事情發生！我要折斷旗標，大家一起得到幸福！

同時也要折斷兄長大人的過勞死旗標！

下了如此堅定的決心，也決定不要靠近會成為毀滅元凶的遊戲女主角及主要攻略對象的皇子，更不要跟他們講話！……雖然在各種突發又難以抗拒的狀況下，依然跟他們變成了朋友……就是了。

但跟那個女主角還有皇子，以及兄長阿列克謝的合力之下，我們成功擊退了會影響遊戲劇情的重要分歧點，也就是襲擊魔法學園的魔獸。如此一來，幾乎折斷了皇國滅亡的旗標。

接下來只要讓女主角跟皇子在一起，應該便能折斷毀滅旗標了吧。話雖如此，誰知道這件事算進行得順利還是不順利……

不過折斷了滅亡旗標，依舊令人鬆了一大口氣，葉卡堤琳娜也覺得可以悠哉地過上一段時間了。

這天，葉卡堤琳娜一樣跟朋友芙蘿拉・契爾尼男爵千金一起做了午餐，並放進竹籃帶去辦公室。

在上輩子的記憶中，芙蘿拉是少女戀愛遊戲的女主角。反派千金葉卡堤琳娜則是要負責欺負平民出身的她。儘管回想起這段記憶的葉卡堤琳娜下定決心不靠近她，也不跟她講話！……結果仍跟她變得很要好。芙蘿拉雖然行事低調，但個性溫柔又很聰明，兩人之間已經稱得上是摯友了。

「大小姐，您來了啊。」

前來應門並替我打開辦公室大門的人，是兄長的侍從伊凡。他是個笑臉迎人又待人親切的好青年，然而今天的笑容看起來卻有些僵硬，這讓葉卡堤琳娜費解地歪過了頭。

「伊凡，你的臉色看起來不太好喔。怎麼了嗎？」

「不……是我處事不周，拿來削筆的刀子似乎磨得不夠銳利，讓閣下的筆寫起來不太順手。」

伊凡露出一臉慚愧不堪的表情。他說的筆是指羽毛筆，將鳥的羽毛削尖之後作為書寫筆使用。有種刀子是專門拿來削筆用的，根據削法不同，寫起字的流暢度也會改變很多。要替阿列克謝準備羽毛筆是伊凡的工作，平常做事都不會出什麼差錯的他，這次似乎準備得不太周全。

「伊凡很認真工作呢。」

葉卡堤琳娜莞爾一笑。對於知道上輩子有那些方便文具的她來說，反而相當敬佩想將需要費心處理的羽毛筆完善地準備好的伊凡。

真希望有人可以快點發明出更好的東西呀。

辦公室裡有一位沒見過的人。艾夫列木・羅森。他是統率尤爾諾瓦騎士團的騎士團長。

年約四十五歲左右，蓄著與鐵灰色頭髮一樣顏色的鬍子，是個讓人覺得沉默寡言的內斂帥大叔。

他身上的穿著一如上輩子看過的奇幻片，或實際存在過的聖殿騎士團之類的騎士。沒想到會跟這樣的人物一起同桌共食，葉卡堤琳娜的心情澎湃高昂。但就在這時，阿列克謝開口說：

「薔薇盛開的季節快到了吧。我也收到了聯絡，說是今年皇室一家要到皇都公爵宅邸行幸的日子已經決定。這會是妳第一次謁見兩位陛下，若是需要什麼準備再跟我說。」

「……啊？」

皇室一家到公爵宅邸行幸……？

行幸。

日語也有這個詞，是皇帝出行的意思。

莫使凋零去，明朝待聖顏。出自百人一首。上面那句是什麼來著……秋霜醉紅葉，遍染哪裡啊。糟了，想不起來。啊，小倉山啦。

呃啊啊啊，無法克制自己逃避現實！

現在是在說皇室一家人都會來我們家啊！

真不愧是兄長大人。炸彈宣言的威力非同小可。

雖然明白字面上的意思，卻無法理解這件事情的程度。

帶來幾乎是ＩＣＢＭ（洲際彈道飛彈）等級的衝擊！

據看到妹妹的臉色而連忙說明起來的阿列克謝所言，三大公爵家在各自的皇都宅邸中，都有著一片種植了象徵自己家族花卉的遼闊庭園，當那種花正值盛開觀賞的時節，皇室一家便會造訪，似乎是一種例行活動。

確實在皇都的尤爾諾瓦公爵宅邸當中，有一片遼闊的薔薇園……但沒想到皇室一家每年都會來賞花。

「……抱歉，是我不對。」

單手抵著額頭，阿列克謝難得表現出狼狽的樣子。

「應該早點跟妳說的。理應考量到女性得花費多一點時間準備服裝之類的，我卻疏忽了這件事，真的很抱歉。」

「不、不會，兄長大人。是我不好，我應該要知道這麼重要的事情才對。」

這件事情對兄長大人來說想必就像常識一般，覺得不用特地說明，才會沒有注意到吧。

從軟禁狀態中解放以來已過了八個月，卻還不知道有這麼重要的活動，我想也是因為封閉了自己大半年的關係。

所以，兄長大人沒有錯。是的，總之這不是兄長大人的錯。

但是！

皇帝一家竟然每年都會來賞花，三大公爵家好猛啊！

我作夢也沒想過竟然會有這種事情呢，天啊！

就連現在這個當下，我都覺得自己快要翻白眼了！

他剛剛說「若是需要什麼準備再跟我說」是吧？

準備？

該怎麼準備？要準備什麼？嗚哇～～我完全無法想像！

「大小姐，您不用這麼緊張。這是每年都會有的活動，所以大家都知道該怎麼做。您只要準備好自己的服裝就可以了。」

既是阿列克謝的心腹，也像是師長般存在的諾華克這麼一說，葉卡堤琳娜才回過神來。

對耶，他說的一點都沒錯。除了我以外，這對大家來說是慣例的活動！

「那個，我這麼說可能幫不上什麼忙，但妳別擔心。有公爵閣下陪著妳，米海爾殿下也會在場呀。」

芙蘿拉像是要激勵葉卡堤琳娜一般，輕撫著她的背並這麼說。

啊……對耶，的確如此。

只要躲在兄長大人身後就放心了。而且說是皇室一家，皇子也是其中之一。

……重點是皇帝跟皇后……咕唔唔。

「服裝方面您也不必擔心。只要不是太過講究的款式，催促一下應該便來得及了。幸好明天是週末，您回到公爵宅邸之後再做準備就沒問題了吧。」

商業流通長哈利洛笑著這麼對我說。明明是位男性，卻對準備禮服所需的時間這麼瞭若指掌的你到底是何方神聖啊？啊，商人是吧。

大家群起這麼激勵著，我到底是將心中的衝擊多表露無遺了啊……得趕緊振作起來才行！

「謝謝各位。多虧你們，我冷靜下來了。」

但說到服裝。禮服啊……

不、不知道有沒有流行的趨勢之類？

「但可以的話，希望大小姐盡量穿著不同於現今女性們流行的服裝款式。」

帶著嘆息這麼說的人是艾倫，這讓葉卡堤琳娜感到驚訝。給人一種學者風貌的年輕礦山長竟對禮服的流行趨勢有所怨言，實在讓人意外。

「尤爾諾瓦的領地也有出產寶石，但近年來女性們都不太追求豪華的寶石，價值因此跟著下滑。這幾年來流行的似乎是從『諸神山峰』另一頭進口的高級絲綢。由於服裝的主角是織有美麗圖紋的布料，大家似乎覺得再加上大顆的寶石會顯得突兀，又會被人認為品味很差。」

「諸神山峰」是指聳立在大陸中央，將大陸分成東西兩地的大型山脈。感覺就像上輩子的喜馬拉雅山，但似乎更為險峻，宛如背脊般縱貫了整片大地。是以東西之間的交易幾

乎都被侷限在海路上。

「現在總算能將採掘到的頂級寶石拿去販售，卻遇上這種風氣……寶石可是最美的礦物，實在太可惜了。」

艾倫不禁悲嘆。

……原來艾倫先生是個礦物狂熱者啊。在狂熱之心的激發下成為礦山長還真是厲害。

然而他說「總算能販賣頂級寶石」是什麼意思？

「請問，以前即使採掘到高品質的寶石也無法販售嗎？」

當我提出這個單純的疑問，辦公室內便流淌著一股微妙的氣氛。

為什麼啊？

才這麼想，阿列克謝就語帶苦澀地告訴我：

「是祖母大人說那樣的極品都是自己的東西，因此禁止對外販售……但這總比她對鐵礦山的出口有意見還要好上許多，所以這件事我們就隨她高興了。」

……那……個……臭老太婆！生而為皇女便自視甚高，為所欲為，在人格高尚的祖父大人辭世之後，將安娜史塔西亞母親大人跟我軟禁起來的祖母亞歷山德菈！

除了欺負媳婦之外，竟然還做了這種事情喔！

另外，雖然之前多多少少有所察覺，但兄長大人果然在父親跟臭老太婆生前，就已經開始接觸公爵領地的工作了。

不但把事情丟給小孩子處理，甚至為了一己之欲妨礙工作，我看妳真該被魔獸吃乾抹淨再排泄出來啦，這個臭老太婆！

……不行，我要冷靜點。那個臭老太婆已經不在世上了。已故之人皆是佛。

雖然在這個世界沒有佛教就是了。

但我仍要冷靜下來。我要活得正派點。

所以說，現在是希望我能強調出寶石的優點嗎？

這樣宣傳特產品，總覺得很像什麼觀光大使……反派千金有辦法擔任觀光大使嗎？

「通常大家都認為年輕女性不適合太大顆的寶石，但大小姐具備散發威嚴的美貌，想必很適合呢。我替您準備就連皇后陛下也會心生羨慕的逸品，還請務必配戴。對了，閣下，那個『天上之青』不是正好適合大小姐嗎？大小姐，請您務必斟酌看看。皇后陛下應該也是時候想推動下一波流行了吧。這是讓陛下評定的好機會。」

哈利洛先生滿心想好好運用我這個免費活宣傳呢。「天上之青」是什麼啊？不過，若是可以幫上忙，我非常很樂意。但應該不用期待可以帶來多大的效果就是了……

「葉卡提琳娜，無論是寶石或是『天上之青』，妳不喜歡的話不用也沒關係，只要作妳喜歡的打扮就好了。妳若是想穿進口絲綢便儘管去買吧，要款待皇后陛下，那樣穿是比

較穩妥的選擇。締造進口絲綢這個流行趨勢的人正是皇后陛下，因為陛下的娘家尤爾賽恩坐擁東西貿易的重要港口，進口商業越是興盛，利潤也越多。不僅如此，皇國產物對東方的出口量增加，更提升了皇國整體的利益。她是位賢明的人。」

「這樣啊……」

聽阿列克謝這麼說，葉卡提琳娜不禁讚嘆。

「讓高利潤的絲綢流行起來，就能招來東方的商人了呢。只運送布料的話，貨船的船艙也會產生多餘的空間，他們應該會順便運來其他要賣到皇國的商品才對。若有絲綢分攤成本，讓其他商品能以稍微便宜的價格在皇國內流通，生意自然會興盛起來。而且當他們要回去東方時，想必也會收購許多要在東方各國販售的物品塞滿船艙，如此一來皇國產物的出口量便會增加。意圖應該在此吧。」

嗯──真能幹呢，皇后陛下。

以上輩子的觀點來說，像是戰國時代的公主呀，文藝復興時期的那些義大利女性……若能成為娘家跟夫家之間的橋梁，替雙方帶來興盛，想必是最為理想的。

「多麼厲害的想法啊。引領服裝的流行趨勢，以皇后的立場來說是件自然不過的事情，並進而推動活化經濟，運用這種不會被別人在背後指指點點的方式關照娘家，更替皇國帶來繁榮。簡直就是站在皇后立場之人的典範呢。」

「……看來葉卡堤琳娜大人立刻理解全盤重點了呢。」

諾華克不禁低聲說道。應該沒有其他十五歲的少女可以瞬間理解到這個程度吧。

雖然站在這邊的是個內在有著一位本來是歷女又已經奔三，還是曾經開發過物流系統跟訂購系統等商業相關系統的系統工程師，以前很喜歡也很常看經濟類型的紀錄片節目，內心大叔化的女性就是了。

「大小姐，往後若是能登上皇后之位，您會自己嘗試看看這樣的事情嗎？」

「咦！怎麼會，我才不想，絕對不要。」

諾華克的一番話立刻被葉卡堤琳娜像是脊髓反射般秒殺了。一刀兩斷正面劈成兩半。

因為！就連之前覺得那麼不可能的魔獸事件都照著遊戲劇情發生了！

反派千金要是希望登上皇后之位並以皇子為目標，肯定馬上會立起毀滅旗標！絕對會！不不不，太可怕了！

呃，啊，對不起。我一回過神來，便發現諾華克先生一臉蒼白……

「哎、哎呀，真是抱歉，說了這麼任性的話。但我不喜歡皇室……」

「……是這樣啊。」

「沒關係，這是我允許的。」

雖然諾華克嘆了口氣，阿列克謝看起來心情卻格外地好。

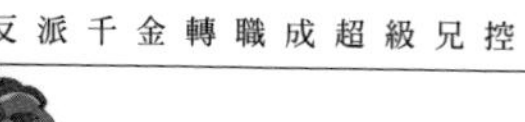

「羅森，我妹妹很聰明吧。直到我娶妻，或是她嫁出去之前，尤爾諾瓦的女主人便是這位葉卡堤琳娜。我命你將她奉為尤爾諾瓦的貴婦人，對她獻上忠誠，於皇室一家蒞臨的前一天進行獻劍以示忠誠的誓言。要是我有個萬一，騎士團之主就是葉卡堤琳娜，你們要服從她的命令。」

「遵命，閣下。」

騎士團長站了起來，將拳頭抵在胸口行了一禮。

「閣下的妹妹溫柔又聰慧的氣質，我已經從這次剛成為騎士團一員的馬爾杜口中有所耳聞。能奉您為騎士團的貴婦人是我等榮耀。」

騎士團的貴婦人？獻劍？那是什麼會出現在中世紀騎士道故事中，滿滿少女情懷的奇幻浪漫台詞？奔三女都不禁為之心動了。

阿列克謝輕撫著睜大雙眼的妹妹頭髮，露出淺淺微笑。

「有很多身為尤爾諾瓦之女的妳應有，卻尚未得到的東西，先從這點矯正起吧。再加上妳體弱多病，不用以皇后之位為目標也沒關係。現在只要想著謁見兩位陛下時該做些什麼準備就好。」

「好的，兄長大人。我會遵照你說的去做。」

鬆了一口氣的葉卡堤琳娜點點頭。

非常感謝你，兄長大人。

另外，我之前竟然想過，希望你能刪掉體弱多病這個設定，真的很對不起。體弱多病是個無法成為皇后的正當理由呢！

從今以後，作為折斷毀滅旗標對策的一環，我會多加活用體弱多病這個設定的！

隔天，葉卡提琳娜跟阿列克謝一起乘著馬車，回到皇都的公爵宅邸。

皇都公爵宅邸裡那片遼闊的庭園中，薔薇已經開始綻放，一眼望去就能看到好幾位園丁正忙著照料，似乎是在依照不同品種的開花時期進行調整，好讓活動當天呈現出最美的光景。

據說沒有任何品種是尤爾諾瓦的庭園裡沒有的，而且還有好幾種只在尤爾諾瓦的庭園才能看見的品種，要刻意讓這些薔薇一齊在某天盛開，肯定是件困難的事情。雖然每年都會舉辦，這依然是場盛大的活動。

光是在昨天吃午餐的時候，我便對於服裝到底要如何準備而苦惱不已。回到宿舍跟女僕米娜半是抱怨地說了這件事之後，她一如以往面無表情地點了點頭。

「那些都是傭人的工作，我會進行安排。大小姐只要思考想穿什麼樣的服裝就好了。」

講完有種「咦，是喔？」的感覺。

但當我冷靜下來回想了一下，在脫離軟禁狀態之後的那半年，當我住在公爵領地的本家宅邸期間，他們替我做了許多件漂亮的禮服，我自己卻什麼事也沒做，只是任憑人家替我穿上不知不覺間做好的禮服而已。

就我那時的記憶來說……總覺得那些都不太適合自己。我有著一頭藍色頭髮，看起來也滿成熟的，然而到底是哪來富有挑戰精神的人，偏偏給這樣的我穿上滿是荷葉邊的鮮黃色禮服啊？

原本的流程應該是當我需要一件禮服時，由女僕或管家之類的傭人叫來會登門進行訂製的設計師，我向設計師說明自己想要什麼樣的禮服，並在看過設計圖之類的存在後，訂購自己喜歡的款式。

米娜服侍我在宿舍吃完晚餐後稍微外出了一下，並替我預約到在皇都很受歡迎的設計師。明天好像就會來公爵宅邸了。

前一天晚上竟能預約到隔天的來訪時間，未免太厲害了吧。關於我家美人女僕太能幹這檔事。

不過，尤爾諾瓦公爵家的威望應該也有影響吧。

總之就是這樣，很快便要跟設計師討論款式了。這位名叫卡蜜拉．克羅采的設計師是

才剛年過三十的新銳，是個將一頭帶了點綠的銀髮複雜地盤起來纖瘦女性。

當我請她坐在椅子上時，對方顯得格外驚訝，雖然對於「難道公爵千金就該讓設計師站著跟自己討論嗎？」這個疑問感到不安，但我自己也會覺得很不自在。經過一再勸說，我倆這才決定隔著桌子面對面討論。

我說明了這是當皇室一家蒞臨時要迎接他們所準備的服裝，以及希望做成不至於有失禮儀卻又簡潔的設計款式之後，卡蜜拉露出鬆了一口氣的表情。

「簡潔的款式反而更能襯托大小姐您的美貌呢。現在流行的是能活用布料之美的設計，因此剛好符合您的需求。我有帶幾種感覺會滿適合大小姐的美麗布料的樣品來喔。這是從東方的邊區訂購而來，最高品質的絲綢。您一定會喜歡。」

「關於這件事情，其實我有想使用的布料。」

我做了個指示後，米娜很快地將好幾塊布放到桌上攤開來。這是今天早上哈利洛給我的東西。

「妳知道『天上之青』嗎？」

眼前全是藍色系的布料。最深的顏色與其說是群青色，應該可以說是琉璃色。感覺就像擷取了夕陽西沉銜接到夜晚時最美的那個瞬間，色彩深沉卻又帶著透明感，呈現出美到讓人受不了的色彩。

我真的是一見鍾情啊！比較淺的也有像是春季天空那般的藍色，抑或像夏日天空那種透澈到最高點宇宙的天頂般的顏色，每種皆是美不勝收的藍。

所謂「天上之青」是指將在尤爾諾瓦公爵領地中採掘到的青金石搗碎後，製成染料或顏料所配出來的藍色，所以這種布料的價格本來是相當昂貴的。如果要用最貴的那款顏色最深的布料做成禮服，所需費用恐怕能輕鬆超越庶民的平均年收。

大學時我有個很喜歡畫插圖的朋友對藍色格外講究，還向我詳盡說明了好幾次，是以我知道在上輩子的世界中，也會拿青金石去製成染布的染料或畫具的顏料。那種藍的名稱以英文來說是Ultramarine，有著跨越海洋的意思。青金石的產地位於阿富汗，因此對歐洲來說就是從地中海的另一頭過來的藍吧。

在這邊的世界中，這種藍的名稱直接翻譯過來正是「天上之青」之意。雖然不知道是誰命名的，但意境取得很美。幹得好。

「我是知道『天上之青』……」

卡蜜拉的雙眼緊緊盯著布料。

「但我還是第一次看到沒有雜質，顏色如此完美的。請問是用了什麼特殊的材料嗎？」

「是的，不只是青金石，更用了在我等領地內發現，不同於以往的染料所染成。」

發現者是謝爾蓋祖父大人的弟弟，艾札克叔公大人。根據礦物狂熱者艾倫先生一邊展露戀愛中的少女般閃閃發亮的眼神所做的說明，他似乎是皇國史上最為優秀的礦物學者。

這種染料的原料並非採掘而來，而是可以做出來的樣子，或許是剛好發現了像是上輩子的世界中會拿來使用的合成群青色那樣的東西。

「這種新的染料比起過往更為平價，況且能將『天上之青』染得更加美麗喔。因此我想展現給皇后陛下看看，也希望陛下能認定這是皇國的新產品。」

「更為平價嗎？」

立刻引起卡蜜拉的興趣了。

「真是太棒了——啊，不是的，以尤爾諾瓦公爵家的能力來說，確實是無須在乎價格。然而如此一來，就有更多女性能夠穿上這樣美麗的藍了呢。」

「我亦如此希望。」

何況不樂見這種情勢，還會刻意礙事的臭老太婆也消失了嘛。

其實艾札克叔公大人似乎早在十年前左右便已經發現這件事，並在發現後著手進行可以安定製造出來的研究開發。但在祖父大人辭世之後，臭老太婆好像就說不允許他進行這種研究，看來是無法容許讓本來只有一部分高貴之人才能穿的「天上之青」壓低成平價產品，並讓那些下賤之人也能使用。

哈利洛先生對此乖乖點頭答應，卻在私底下偷偷繼續進行研究，才得以完成這項產品。然而即使臭老太婆不在，卻也因為這不是流行服裝的趨勢，遲遲沒有拿出來販售。

……兄長大人的部下們之所以總是格外忙碌，原因之一應該就在於當臭老太婆這個害處排除之後，便出現其他許多可以做的事情了吧。

我會打破「天上之青」的市價，讓它成為庶民也能享受到的平價商品。妳儘管在九泉之下咬牙切齒吧，臭老太婆！

「另外，我希望能將公爵領地出產的寶石加入設計當中。妳就從這些裡面挑選喜歡的來用吧。」

米娜拿出收著各種寶石的盒子，展現給卡蜜拉看。這是我從艾倫手中收下的。

這些寶石散發色彩繽紛的光輝，每個直徑都有好幾公分，色澤也很鮮豔。雖然我不懂評斷寶石的品質，但若以上輩子的價值觀來看，想必全是價值連城的東西，要價好幾百萬日幣或好幾千萬日幣之類，搞不好會破億……光想就覺得很可怕。

我只是免費活廣告而已！並不是將這些寶石收入囊中，只是借我用而已！

「我很明白這並不符合現今的流行趨勢。但既然作為尤爾諾瓦領地的代表恭迎兩位陛下，我想展現出我等領地的特色。我們會將寶石鑲在簡潔的台座上製成胸針，再請妳加入禮服的設計之中。」

「哎呀，這些全是這麼美的頂級品……美麗的『天上之青』再搭配上寶石。也就是說，只要以簡單高雅的設計，襯托出色彩這個主角對吧。沒問題，要是讓大小姐穿上身，一定會呈現出女神般神祕的美麗。不追隨時下潮流，創新的禮服……真是太棒了。我會盡全力進行設計的！」

這麼說著，卡蜜拉立刻拿起筆在描圖本上畫了起來。

接下來的發展變得相當白熱化。

想營造出低調奢華感的卡蜜拉小姐，對上為了讓布料更加顯眼而想凸顯極簡感的我。

雖然我一開始打算完全交給她設計，卻沒想到苦惱禮服的設計是件這麼開心的事情……！而且一想到或許可以幫上兄長大人還有其他部下的忙，我便更加投入了。

多虧如此，我可能也有一點點期待可以展現禮服給大家看，賞花那天的到來。

真的只有一點點就是了。

「……大小姐的想法跟您的祖母大人完全不一樣呢。」

在禮服的設計幾乎敲定的當下，卡蜜拉感慨地這麼說。葉卡堤琳娜也對這話題產生了興趣。

「難道妳曾見過祖母嗎？」

「是的，在我還是個新人的那時候。她是位嚴苛……不，很有威嚴的貴人。」

直接說她是個臭老太婆就好了啦。

這句話雖然不能說出口，但我好想講。

「請問……妳跟祖母之間發生過什麼事嗎？」

「沒有！……不，就是……由於她是位很常訂禮服而出名的人物，我也曾為了給她留下印象而努力製作了禮服。但她雖然收下了成品，卻覺得不喜歡。那是件設計繁複的豪華禮服……」

身為一個社會人士，我已經聽懂了。

葉卡堤琳娜輕咳了一聲。

「呃，那個，當時……祖母有支付禮服的款項嗎？」

「您、您很了解呢。是的，至今尚未收到款項。」

臭、老、太、婆～～！

貴人？既然如此就不要跟一個新人設計師賴帳啊！

「不好意思，請問妳有什麼可以證明未付款的東西嗎？」

「是的，我這邊有書簡可以作為證明。您祖母大人的侍從表示由於不喜歡禮服成品，並不認同有收下，因此不會支付款項。」

……我的頭開始痛了起來。

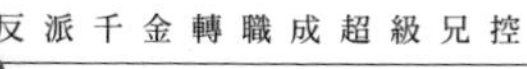

都收下成品了，還說因為不喜歡就不付錢？腦子有什麼毛病啊。

「米娜……」

「我會轉告管家格拉漢姆先生。」

「謝謝。再請妳拿這份書簡給管家看，並收下款項吧。我在此替祖母此舉向妳道歉。」

「非常感謝您……！」

卡蜜拉深深地低頭致謝。

禮服設計師的資金周轉是不是很困難啊？我家臭老太婆真的很對不起妳。

「大小姐真是位出色的人物。既溫柔又很有品味，這麼年輕就知曉世事……貴為尤爾諾瓦公爵家的公主殿下，卻如此親近地接待我這樣的人，真令我為之動容。」

啊，不是啦。

只是因為我的內心並非公主殿下罷了。真的很不好意思。

不過，這樣的場面話反而讓我覺得各種詐欺。我才感到抱歉呢。

「要是您喜歡這次的禮服，往後還請多多光顧指教。」

「好的，這是當然的。妳若是覺得可以使用『天上之青』設計出各種服裝，請推薦給皇都的女性們喔，那樣一來我也會感到很開心，畢竟這還沒有多少人知道呢。」

「沒問題！請務必讓我好好運用。我有想到幾位感覺穿起來會滿適合，同時對新事物比較敏感的人物，何況是這麼漂亮的顏色。為了大小姐，我會盡力推銷的。」

「聽妳這樣說真令人高興呢。」

這對卡蜜拉小姐來說，應該也是一樁好生意呢。能給客戶推出新的提案。

既然雙贏，就請多指教啦！

當場完成了尺寸丈量，約好下週會拿假縫的禮服來給我試穿後，卡蜜拉便先回去了。在這之後，葉卡堤琳娜便前往皇都公爵宅邸的一處房間。

那間房裡掛滿了尤爾諾瓦公爵家每一代宗主跟其家人的肖像畫。從四百年前的謝爾蓋一世直到當代的阿列克謝，許多人的身影掛滿了寬敞的牆壁。

從容地坐在椅子上的優雅紳士是祖父謝爾蓋。而一臉正經的表情站在他身邊的是還沒戴上單片眼鏡的十歲美少年阿列克謝。葉卡堤琳娜抬頭看著兩人的合影，不禁莞爾，稍微做好心理準備之後，這才將視線移到旁邊。

……未免太大一幅了吧！

整個大了一圈的肖像畫上畫著一位年輕女性，真的相當美麗。身材又瘦又高，穿在身上的衣服十分豪奢，豪華的后冠在盤起來的水藍色長髮上看起來相當耀眼，項鍊及耳環

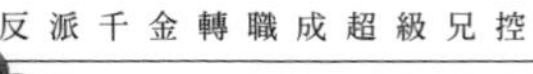

都搭配了碩大的寶石。明明是露出微笑的表情，看起來卻有些冷漠的細長雙眼也是水藍色的。外貌跟兄長大人很相像，更是令人火大。

這就是祖母，應該說是她年輕時的樣子，皇女亞歷山德菈。

為什麼在尤爾諾瓦公爵家歷代的肖像畫當中，會混進皇女時期的肖像畫啊！這時候的她還沒進到這個家吧！

（臭老太婆。）

我在內心這麼低喃，就是為了不被在後方待命的米娜聽到。

忿忿地瞥開視線之後，我繼續朝著一旁看過去。

上頭畫著感覺很放鬆地坐在椅子上，蹺起一雙修長的腳，臉上掛著帥氣笑容的超級美男子。他也有著水藍色頭髮跟水藍色眼睛，雖然沒有戴單片眼鏡，但跟兄長大人非常相似。這就是父親亞歷山大。

在這幅肖像畫旁邊的便是兄長大人了。手中拿著劍，道貌凜然地站著的美青年宗主。那張像父親的美麗臉龐之所以看起來嚴肅又緊繃，應該是因為他對身為必須獨自肩負起有著強大權力及莫大財產的尤爾諾瓦公爵家之人有所自覺，也決心去面對的關係吧。

跟像媽媽的我不同，兄長大人的臉龐跟祖母還有父親是同一個類型的。然而另外兩人的眼睛只是呈現水藍色，看起來跟兄長大人那雙令人印象深刻，宛如會散發光芒的霓光藍不同。但畢竟是肖像畫，或許只是沒能透過繪畫表現出來而已。

話雖如此，無論是跟祖父大人一起的那幅，或是兄長大人個人的肖像畫，兄長大人眼睛的色澤都表現得很漂亮，或許是畫家技巧的差異吧。但我希望他跟他們真的是不一樣的色彩。

「大小姐。」

聽見這道不同於米娜的聲音這麼一喚，葉卡堤琳娜回頭看去。

眼前是位穿著帶黑色洋裝的年長女性。那件洋裝是負責統率女性傭人的女管家制服，然而她並非女管家。

「聽了管家的傳達我便前來了。請問有什麼事嗎？」

「嗯，妳就是曾任祖母大人侍女的儂娜嗎？」

「是的。我是儂娜・薩雷斯。」

「這樣啊。聽說祖母大人很頻繁地訂購禮服呢，應該還沒銷毀吧。我一直很想看看有多麼壯觀，帶我去保存的地方看看吧。」

這麼說完，儂娜只是稍微低下了頭，接著轉身背對葉卡堤琳娜，踏著無聲的步伐劃步前進。

這種態度……雖然多少有料想到就是了。

一邊走在她身後，葉卡堤琳娜向儂娜問道：

「在妳看來，祖母大人是位什麼樣的人物呢？」

「是最上等的貴婦人。」

她立刻做出回答。簡直像是洞悉一切的標準答案。

「那麼，父親大人又是位什麼樣的人物呢？」

這次她在回答之前，隔了一小段時間。

「……是位很出色的人。他是位足以迷倒所有女性，非常具有魅力的男士。不只外貌亮眼，也相當紳士，對待女性總是非常體貼。不會受困於無聊的世間瑣事，總是落落大方地謳歌人生。」

——不就是花花公子嗎！

而且，迷倒所有女性什麼的……根本是個不得了的花花公子嘛，自以為是光源氏喔。長相是跟兄長大人很像，但根本是將兄長大人的高規格完全投入在把女人這件事的最終形態嘛。

再說了，將幕後的事務工作統統推給仍是個孩子的兄長大人去做，自己跑去謳歌人生，未免太瞧不起人了吧，臭老爸。

「哎呀，原來是這樣。所謂無聊的世間瑣事，舉例來說是哪些事情呢？」

儂娜回過頭來，銳利地瞪著葉卡堤琳娜。

「就是處理文件之類，或是金錢帳目等枯燥乏味的事情。」

「哎呀，原來父親大人不會親自確認金錢帳目啊。」

葉卡堤琳娜露出打從心底感到滑稽的笑容，回視著儂娜。

儘管儂娜的視線越加苛刻，葉卡堤琳娜臉上的笑容依舊沒有一絲動搖。

撇頭轉開視線之後，儂娜再次向前走去。

呵，我贏了。

呃，連我也不禁覺得自己這樣很幼稚。

但在抵達目的地時，葉卡堤琳娜差點都要軟腳了。

這是什麼鬼啊！

根本不是什麼衣帽間(walk-in closet)，簡直是衣帽廳！走進一間廳堂或許理所當然，但眼前這個甚至可以舉辦小型派對的大廳裡竟然塞滿了禮服！整個大廳都是衣櫃！整個大廳都是禮服的墳場！

可能是為了防止禮服褪色，在百葉窗全都關上的昏暗之中，可以隱約看見穿在人體模型身上的禮服，營造出的完全是恐怖氛圍！

感覺這裡仍飄散著臭老太婆的怨念，實在超可怕。

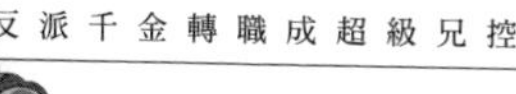

「這些並非全部，公爵領地的本家宅邸當中尚有更多。這正是貴婦人應有的作為。」

儂娜不知為何說得相當自豪。

「您的祖母大人每週至少會訂一次禮服，只要穿過一次的禮服就絕對不會穿第二次。做好的禮服要是不喜歡，豈止不會穿在身上，甚至不允許再次見到那件衣物。這般豪奢、這般高傲，正是最上等的貴婦人的證明。」

接著，儂娜冷漠地盯著葉卡堤琳娜。

「大小姐來到皇都已經度過兩個月左右的時間，這次似乎才第一次訂購禮服呢，真是可悲。您是把尤爾諾瓦這個家名當成什麼了？為了不被那些身分低下之人小覷，同時也必須彰顯公爵家的力量，讓我替您介紹您嚴格的祖母大人特別賞識的第一流設計師吧。從今以後，請您至少每週末都要訂製一件禮服。」

「……」

「大小姐現在跟傭人之間的互動可與貴婦人差得遠了，您應該要有所自覺。我可以仔細教導您祖母大人的行事禮節。能做到這件事的，便只有在最近距離侍奉您祖母大人的我了。讓我來將大小姐教養成一位堂堂的貴婦人吧。」

「哎呀……所謂貴婦人，只要訂購許多禮服就好了嗎？」

「這代表的是整個家具備辦得到這件事的財力。然而，這也不過是無謂的瑣事。貴婦人只要活在美之中。輕蔑那些受到財富或權力等無謂的世俗瑣事束縛的卑賤之人，在美的環繞下不斷努力追求自己的美，正是貴婦人應有的姿態。」

「哎呀。」

將手抵在嘴邊，葉卡堤琳娜先是「呵呵呵」地笑了幾聲。

「多麼低俗呀。」

「什……」

儂娜傻愣地張開了嘴。

「您說什麼？您剛才說……低俗？您是說了低俗二字嗎？」

「是呀，我是這樣說的。無論是訂購超乎需求的禮服，抑或是是放棄身為公爵家一員的義務，自顧自地活在美之中，都讓我感受不到一絲品格。那才是既愚蠢又無謂的行為吧。」

「您、您……您說的這是什麼狂妄的話！」

揚起怒目，儂娜喊道：

「要是您的祖母大人，亞歷山德菈殿下在此，想必會以鞭打懲罰您吧！您這番話等同對於皇女亞歷山德菈殿下的侮辱！」

「哎呀，好可怕。祖母大人不在真是太好了呢。」

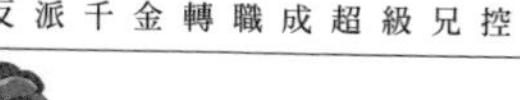

葉卡堤琳娜一邊冷笑著，嘴角之所以有些扭曲，是因為腦中掠過了討厭的想法。那個臭老太婆在兄長大人還小的時候，該不會也曾鞭打他吧。

有的話，即使死了也要宰了她。

「祖母大人已經不在世上。祖母大人與母親大人都已經不在的如今，尤爾諾瓦的女主人就是本小姐，身為宗主的兄長大人確實是這麼說的。要如何行事才符合尤爾諾瓦的貴婦人這個身分，是由我決定的。我一點也不需要妳的教誨。」

儂娜渾身顫抖了起來。

「您、您是將皇女的權威……將皇室的權威當作什麼了？竟然自認比亞歷山德菈殿下更加偉大……」

「我再說一次，祖母大人已經不在世上了。另外，看妳好像不知道，我就告訴妳吧，自從下嫁到這個家的那一刻起，祖母大人便已經不是皇女了。何況妳也不是皇女呢。自認為比尤爾諾瓦的女主人還要偉大的妳，又是何方神聖呢？對了，是這個家的傭人嘛。這麼說來，妳剛才是不是說我跟傭人之間的互動如何？面對說話如此狂妄的傭人，只要處以鞭刑就好了是嗎？」

忍不住語帶挑釁的葉卡堤琳娜，在看到儂娜的臉之後覺得有一點後悔。她額頭上的青筋暴到令人覺得噁心的程度。

看這發展，她該不會攻擊過來吧？雖然從來沒有真的跟人打架過，但我絕對不會輸。

才這麼想，米娜很快便介入了葉卡堤琳娜跟儂娜之間。

她將葉卡堤琳娜護在身後，緊緊盯著儂娜。一如之前向對馬三人組做過的，直直望著她的脖子，不知道是不是在想像要掐多久才會讓對方斷氣。

令人驚訝的是，一面對米娜，儂娜的臉色立刻變了。她鐵青著一張臉，並向後退了一步。

「竟、竟然將這種汙穢之人安置在身邊，亞歷山德菈殿下絕對不會允許的！離我遠一點，妳這個魔物！」

啊？

葉卡堤琳娜不禁在腦內召喚出某位格鬥家。

『妳是在說什麼鬼話？（註：格鬥家米爾科・菲利波維奇在綜合格鬥技大賽介紹影片中的發言）』

「妳是想讓我說幾次呢？祖母大人已經不在世了喔。況且妳區區一個傭人，憑什麼對我的侍女說三道四。米娜可是遠比妳這種人還更體貼的優秀女僕。特地帶我來這裡看看，辛苦妳了。我要回去了。妳不用跟上來也沒關係——米娜，我們走吧。」

拋下這番話，葉卡堤琳娜便轉過身背對她。

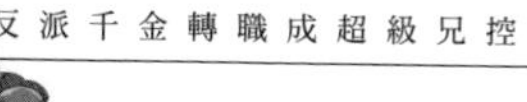

（啊～～真討厭，臭老太婆的混蛋程度比之前聽說的爛多了！）

住在皇都公爵宅邸的那一個月，我為了準備入學，都在埋頭念書，也只跟新聘來照顧我的米娜接觸，因此沒有發現這裡的傭人當中似乎混了一些怪人——就是在臭老太婆身邊照顧她的那些傢伙。

可能是一口氣解僱掉他們會讓宅邸人手不足吧。儘管現在似乎有一個個解僱並遞補新的傭人進來，但似乎有些人會拒絕交接之類的，硬是賴著不走。

「大小姐，要解決掉她嗎？」

「……」

聽米娜語氣平淡地這麼說，葉卡堤琳娜有些不知該如何做出回答。

「不。在皇室一家蒞臨之前，還是需要人手。縱使是那種人，要是少了她，管家或許也會覺得傷腦筋。在這件事結束後我會再跟兄長大人說，並交給他判斷。」

「我知道了——另外，大小姐，我並非魔物。」

米娜就連這句話也說得很平淡，讓葉卡堤琳娜不禁莞爾。

「那是當然的啊，米娜。」

「但我的外公是魔物。」

「……」

雖然再次不知該如何回答，但我心裡也稍微能夠接受了。

（原來如此，米娜是混有魔物血統的人啊。）

所以力氣才會強到即使把我公主抱起，依舊能走得那麼輕鬆。看來在這個世界有著人形魔物，也會跟人類之間留下子嗣啊。

但仔細想想，魔龍王都會變身人類的模樣成為女主角的攻略對象了，會有魔物跟人類之間的戀愛或許也是理所當然的。

「原來是這樣呀，我都不知道呢。要是妳之前有說過我卻忘記，實在抱歉了。」

「我應該沒有對您說過。大小姐來到皇都時突然就倒下了，因此那時並未好好向您自我介紹一番。」

「啊，這麼說來是這樣呢。」

因為一回想起上輩子的記憶，腦袋裡就變成有兩人份的記憶及人格的狀態了嘛。一有點小事，頭便會開始痛起來，想動動身子還會馬上啟動閉鎖機制而失去意識，真讓人受不了。幸好這狀況三天左右就穩定下來了。

「儘管不是魔物，但我身上流著魔物的血，也有些人會像剛才那樣對我說三道四。在公爵家當中，像是尤爾瑪格那似乎就絕對不會採用像我這樣的人。大小姐，您會討厭我嗎？」

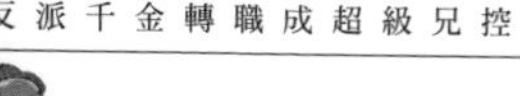

「討厭？」

嗯——該怎麼說呢，我完全不會產生討厭米娜的那種心情。

可能是因為上輩子很喜歡有非人類或異種族登場的漫畫跟小說，也看了很多吧？在那種故事當中，會對此感到討厭的人通常都不是什麼好貨色。

應該說，如果換作發現不認識的對象是魔物，那我或許會抱持警戒。但這兩個月來，無論吃飯、換衣服等各種大小事都是米娜在照顧我的。即使她的外公不是人類，事到如今也無所謂了。

「哎呀，我想起來了。那時兄長大人不在我身邊，我覺得口乾卻又動彈不得，正感到傷腦筋呢。那時妳扶我坐起來，就是我們的初次見面，對吧。」

我呵呵地輕笑了一下，對米娜投以微笑。

「妳扶我起來，讓我喝水的動作相當溫柔，記得這讓我覺得很舒坦。跟妳說話時發現妳的語氣有點平淡，雖然我因此嚇了一跳，但妳碰著我的手很溫柔嘛，所以我完全不介意，一點也不覺得自己會討厭米娜喔。」

平常總是面無表情的米娜，在此時淺淺露出微笑。

「我也記得。讓您喝水之後，您竟然還向我道謝。即使對方是傭人，儘管只是一點小事，大小姐依舊會確實道謝，起初讓我感到相當驚訝。」

「這不是很正常的事嗎？」

葉卡堤琳娜稍微費解地歪過了頭，隨即突然睜開雙眼。

「米娜，妳該不會同時兼任我的護衛吧？」

「是的。」

米娜果斷地表示肯定。

「米娜很強嗎？」

「很強。」

對於這點，她依然果斷地做出肯定的回答，這讓葉卡堤琳娜感受到強烈衝擊。

換句話說，米娜是——

戰鬥女僕！

家事能力及戰鬥能力都很高超，更何況又是個適合穿女僕裝的美女。關於自己覺得現實中不可能存在的生物竟然就相伴身邊這檔事！

啊！對了，還得確認一下！

「米娜！妳的薪水夠嗎？」

「啊？」

「畢竟光是女僕的工作便要從早做到晚了，很辛苦的。何況又要兼任護衛的職責，我

覺得必須給妳兩人份的薪水！」

要人從事勞動，就要給出對等的代價！

絕不允許免費加班！

「我收到很豐厚的薪資喔，尤爾諾瓦公爵家不會吝嗇。閣下是位在該花費的地方不會手軟的人物。」

「這樣啊，那就好。」

見到鬆了一口氣般淺淺一笑的葉卡堤琳娜，米娜第一次破顏而笑。

「大小姐真是奇怪。」

「哎呀，很久沒有聽妳這麼講我了呢。」

「只要大小姐不討厭我，我就會一直照顧您。」

「嗯，再麻煩妳嘍。」

多虧有跟米娜聊了這些，在跟儂娜對話時感受到的不愉快，幾乎被葉卡堤琳娜拋諸腦後。

然而就在葉卡堤琳娜不知道的地方，儂娜盛大地自爆了。

皇都公爵宅邸的宗主辦公室內。

當阿列克謝正在和管家討論行幸當天諸多事項時，心中熊熊燃燒著怒火的儂娜就這麼闖了進來。接著便喋喋不休地傾訴她對葉卡堤琳娜的不滿。

那雙螢光藍的眼沁著冰冷的光輝，直盯著曾是祖母侍女的儂娜。阿列克謝讓她盡情訴說完她想講的話，直到她說到一個段落閉上了嘴之後，這才緩緩地說：

「葉卡堤琳娜說，自認比女主人還要偉大的妳，又是何方神聖是吧。我來回答她的問題好了——妳就是一隻蟲。長年窩在老虎毛皮裡頭舒服自在地生活著，假以其威信誤以為自己同樣是老虎的區區一隻愚蠢的蟲。」

面對這番太過苛刻的話，儂娜不禁感到錯愕。阿列克謝繼續說了下去：

「妳以為跑來跟我告狀，我便會讓那孩子隨妳處置嗎？妳是認真以為在祖母死後，我還會允許妳將葉卡堤琳娜作為下一個寄生的地方，吸食她的鮮血嗎？既然是在祖母身邊侍奉過她的人，應該知道我時不時會對祖母諫言不要那麼浪費才對，以及祖母每次都會在盛怒之下把我罵得狗血淋頭的這件事。」

「閣、閣下……」

儂娜的臉色看起來越發鐵青。

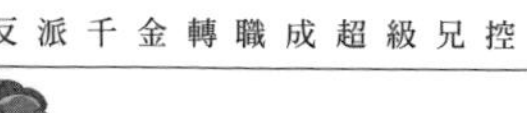

「她都怎麼說我的？很多呢——冷血、不敬、不孝、無法理解貴族驕傲的一家之恥……最後總是會叫我消失在她面前。妳卻以為我會希望將自己溫柔體貼的妹妹，教育成像那個祖母一般嗎？蠢貨。」

語落，阿列克謝轉而看向管家。

「格拉漢姆，在這個時期真是抱歉。」

「不成問題。證據也都齊全了。」

阿列克謝點了點頭。

接著，他對儂娜說道：

「妳叫儂娜・薩雷斯是吧。我要解僱妳。我知道妳私吞了要支付給祖母叫來的業者款項。妳若是拒絕解僱，我就會把妳交給皇都警護隊。看妳要只是離開這裡，抑或要被關進牢裡。自己選一個吧。」

由於週末兩天在公爵宅邸裡都有事情要處理，兄妹倆並沒有回宿舍，而是就此住一晚。

一起吃晚餐的時候，阿列克謝對葉卡堤琳娜說了解僱儂娜的事情。省去他們之間詳盡的對話，只是簡潔地告知。

「妳之所以沒有跟我說這件事，是顧慮家裡現在這個忙碌的狀況吧。辜負了妳這一番好意，真是抱歉。」

「別這樣道歉……兄長大人如此在意我，才讓我感到難受。兄長大人說過我是尤爾諾瓦的女主人，像督導傭人這種家務事正是女主人應當負責的，卻因為我如此不成熟，給兄長大人增添了負擔。我才感到非常抱歉。」

仔細想想，在說想幫兄長大人分擔一點工作之前，代理公爵夫人的職責才是該立刻去做的事情對吧……

會去確認臭老太婆的禮服，以及見她心腹的殘黨，也是考慮到這點就是了。

但是，對不起，我還是辦不到。雖然我大致知道女主人的職責所在，卻遠遠不及有辦法實踐的程度。

學園的課程之類可以靠念書挽回。但像家庭事務管理這種不會浮現在檯面上的事情啊……即使是上輩子也不會留下這方面的史料，沒什麼可以參考的知識。何況一個延續了四百年的家世，想必擁有自成一格的規定吧。

阿列克謝淺淺一笑。

「這確實很像責任感很強的妳會說的話，但妳無需這麼在意。皇都宅邸的家務事我都交給格拉漢姆負責管理。他從祖父大人當家時就擔任管家，可說是皇都宅邸的活字典。我同樣也把事情交給他。」

在阿列克謝身後待命的格拉漢姆行了一禮。看起來比祖父稍微年輕一些，大概六十歲左右吧，一頭銀髮相當美麗。他的風貌感覺就很有管家風範，是個成熟內斂又有著端正容貌的人。

「但若是妳所希冀，我會給妳女主人應有的權限。」

「不，還是繼續照現在這樣，讓兄長大人信任的格拉漢姆管理皇都宅邸吧。只是我認為自己應該要更了解一些家務事。喏，格拉漢姆，你可以一點一點慢慢教導我嗎？」

「那是當然，一切都如您所願。」

面對投以微笑的葉卡提琳娜，格拉漢姆恭敬地低下頭。

「倒不如說，若大小姐能正式以女主人之姿統率我等，實屬萬幸。眼下這般狀況是逼不得已才如此運作的。如果溫柔的大小姐可以支持著閣下，兄妹和睦地攜手撐起公爵家，便是最美好的事情了。」

「……這樣啊。我總是不禁依賴格拉漢姆，但也該讓你身上的負擔減輕一些才行了。」

唔，這樣啊。在平均壽命不像上輩子那麼長的這個世界來說，格拉漢姆先生是不是差不多要退休了……？

「葉卡堤琳娜，妳真心願意的話……往後的週末妳能不能都與我一起回來這裡，跟著格拉漢姆一起管理家中的事情呢？雖然得等到行幸結束之後，事情都告一段落再說。對了，還有考試呢，也要等到考試結束。」

「這樣啊……」

咕……

沒錯！昨天公布了自從入學之後第一次的考試日程，就是從行幸的隔天開始啊！

……我放棄了。兄長大人，真的很對不起。

「那是當然，請讓我這麼做吧。如果可以幫上兄長大人，對我來說也是一種幸福。」

完全沒有展現出內心風暴般的情緒，葉卡堤琳娜露出很符合千金小姐的微笑。

「謝謝妳……葉卡堤琳娜，真希望能透過某種方式，讓我表達有個像妳這麼溫柔的妹妹，對我來說是何等幸福。」

「哎呀，兄長大人！聽你這樣說，令我感到多麼高興。你要是知道我能和兄長大人在一起有多幸福，一定會大吃一驚的。」

再怎麼說都是從上輩子就主推到現在啊！

但我絕對不想被他發現妹妹的內心其實是個奔三女或社畜之類就是了。每次只要被人稱讚溫柔又聰明，我便覺得「這是詐欺真是對不起」而感到內疚。

我一點也不溫柔體貼啊。一如現在，即使知道遭受解僱的儂娜沒有可以依靠的歸宿，我卻不會想替她說話。

儂娜這個名字是「第九個」之意。既然身為公爵家侍女這般的高級傭人，儂娜應該同樣出身貴族。但誠如她的名字所示，既然是第九個出生的孩子，在出生的那一刻起，應該就是過著不被期待也沒有任何希望的人生。

在這個社會上，結婚需要自備一筆金錢。家中的資產恐怕是在哥哥的婚禮或是姊姊的自備款便用完了，沒辦法連第九個孩子的份都準備出來。實際上儂娜似乎也是未婚，就這麼前來侍奉臭老太婆了。如此一來，不可能一輩子受到老家的照顧。

老家早已沒有自己的歸宿，能成為臭老太婆的侍女應該就是她人生中最幸運的事情，因此不管發生任何狀況，都絕對不能因為惹得雇主不高興而被趕出去。

這樣緊抓著不放的主人過世了，在心腹一個個被解僱的狀況下，她這次便想利用我繼續撈油水。當她想以長年來耳濡目染的作風向我宣示主權，便是氣數已盡了。

換作是長年被軟禁而且不諳世事的千金小姐葉卡堤琳娜，搞不好會被那股癲狂的氣魄給吞噬（遊戲中的葉卡堤琳娜該不會就是這樣……？）但現在內心可是混了一個奔三的社會人士呢。

她至今是不是都一味地盲從臭老太婆的所有言行，並將私吞的錢存起來，就這麼活到現在呢？一想像起這樣的人生，我不禁替儂娜感到可悲。

但是，這樣造成的結果只有她自己能夠承擔。儘管應該沒有給她任何資遣費或能讓她拿去找下一份工作的推薦函，卻也沒有將她存的錢扣留下來，希望她能用那筆錢度過餘生。

……這還是我第一次親身體認到，原來站在雇主的立場也會這麼苦惱。

兄長大人一出生便是站在雇主的立場活到現在，並一直背負著這項責任吧。這讓我對他感到更尊敬了。

要我以代理公爵夫人的身分統率這個大得要命的豪宅（加上園丁之類，傭人的總人數恐怕有三位數吧……？）或是接待皇室一家……對於上輩子是個平民百姓的自己來說格局實在太大，我到現在仍像隻膽怯的美國螯蝦般瑟瑟發抖就是了。

不過如果是為了兄長大人，我會努力的！

就這樣，葉卡堤琳娜隔天一整天都努力地跟禮儀教師一起進行面對皇族時應有的舉止風範的特訓。

每一天都像飛逝般度過，今天已經來到了行幸的前夕。

在即將迎來重大日子，並經過一番完美整頓的皇都公爵宅邸中，正在舉辦尤爾諾瓦騎士團的騎士們向騎士團之主阿列克謝，以及騎士團貴婦人葉卡堤琳娜宣示忠誠的儀式。

庭園中那片廣大的薔薇園幾乎盛開。色彩繽紛又豔麗的朵朵薔薇綻放著，讓空氣間充盈著馥郁芬芳的香氣。

園丁們忙於進行最終調整。盛開過頭的花株要和位於宅邸後院的另一座薔薇園的花株（為了調整開花時期，特地從氣候比皇都涼爽的公爵領地本家宅邸運過來的）交換種植，相反地，太晚開花的則要和溫室的花株交換種植，還要進行最後的修剪、清除雜草並打掃地面等——所有一定要在今天完成的事情依舊多得跟山一樣。

如此忙碌的園丁之一，才剛照料完種植在放於宅邸陽台的巨大花盆中，那鮮紅色的薔薇。調整好沉甸甸的花朵面向，若是有變色的葉子就要摘除。這邊可以看見每一朵薔薇的全貌，並漸漸營造出與庭園的花海不一樣的美麗。

「哎呀，真美。謝謝你照料得這麼漂亮。」

「哦……」

以為是女僕而轉頭看去的園丁，驚訝地張大了嘴。

簡直就是一大朵藍色薔薇。

那是他見過最美的女性。

帶有光澤的藍色頭髮盤了起來，露出來的白皙頸項豔麗萬分。大大的眼瞳是帶著一點紫的藍，不曉得那長長的睫毛是否也是藍色的呢？帶著微笑的膨潤雙唇更是何等性感。髮飾及耳際都點綴著豪華的寶石。明明纖瘦到像是能折斷一般，豐滿之處卻又令人不知道該將視線往哪裡擺才好。

這樣的她身上穿的禮服色彩——是多麼難以言喻的青藍。比藍色再更青一些，感覺就像太陽西沉之後，繁星開始閃爍的天空那般，深沉濃厚的闇夜之青。是專替這位女性製作出來的青色嗎？在她身上是何等合適。

啊，真想讓有著這般色彩的薔薇綻放。與薔薇有關的任何人，都會在夢中追尋的藍薔薇的色彩，就得這麼美才行。

「是不是嚇到你了？在你這麼忙的時候打擾，真是不好意思。」

聽她這麼說，這才回過神來的園丁不禁驚慌失措。

「非常對不起！讓您看見像我這樣的人……！」

尤爾諾瓦公爵家的老夫人是出了名地可怕又不講理。因為會被說身分低下之人別汙染了高貴者的雙眼，當老夫人來到庭園的時候，無論多麼忙碌，所有園丁都必須找個地方躲起來才行。

然而，眼前這位女性無論怎麼看都是位高貴的貴婦人，卻露出淺淺微笑。

「該道歉的是我，請你繼續忙吧。像這樣占用你的時間真是不好意思。祝你安好。」

轉過身，藍薔薇的貴婦人緩緩離去。

感覺像是作了一場白日夢般，園丁不禁嘆出一口氣。

「讓各位久等了。」

拎著禮服的裙襬，靜步從二樓緩緩走下樓梯時，似乎在樓下談論著什麼事情的阿列克謝及騎士團長羅森便抬頭看過來，兩人之間的對話也戛然而止。

發現兩人的視線中帶著感嘆，葉卡堤琳娜總算鬆了一口氣。看來卡蜜拉小姐苦惱了那麼久，也是值得的吧？

但能輕鬆駕馭遠比騎士禮服還要華麗的騎士團之主禮裝，兄長大人才是特別帥氣喔。

結果訂製了兩件禮服。討論完的隔週，卡蜜拉帶了兩款假縫的禮服來。畢竟行幸前一天也要參加騎士團的儀式，穿著跟前一天相同的禮服接待皇室一家感覺不太好，是以兩件都買了下來。卡蜜拉肯定是看準了這點，實在很會做生意。

兩款的版型都是標準的A字裙，但裙襬下方比較沒有那麼寬，相對地，後方稍微做了一點裙襬拖尾。整體設計活用了「天上之青」的美麗，主色是琉璃色。在那上頭將春空色以及夏空色作為強調色，只用在部分點綴。兩件的差異只在於將強調色用在什麼地方，以及稍微作為裝飾加上的蕾絲是白色還是黑色而已。

今天穿的禮服是白色蕾絲那件，裙子在琉璃色之中可以看見夏空色，衣袖跟衣襟用的是春空色。手上套著白色的手套，胸前別了個鑲有大寶石的胸針。

這種寶石是上輩子的世界中不存在的東西，好像叫做虹石。在琉璃色的布料上頭散發出光輝──這是真的在發亮耶！與其說是亮光，感覺是將藍色的光芒封進透明的石頭之中捲起漩流。那看起來就像是石頭裡面封入一朵散發青光的薔薇一樣。

虹石本身並不是多麼罕見，整體散發出朦朧光輝的會當照明使用。但這麼漂亮的相當貴重，毫無疑問是顆價值不菲的寶石。何況這還是艾倫先生特別推薦，據說應該再也找不到第二個同等級的。看來是足以被放在博物館珍藏的程度呢。

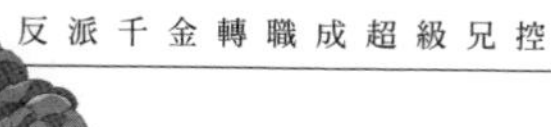

盤上去的頭髮綁著鑲著大顆藍寶石的金工髮飾，耳環也是跟髮飾成對的藍寶石，大顆到會讓人覺得沉甸甸的地步。這是尤爾諾瓦家傳的寶石，換作是上輩子，光是去思考價值多少都讓人覺得可怕。即使價值上億也不奇怪吧。天啊。

雖然禮服的設計很簡潔，但真不愧是這種等級的寶石，存在感卓越，十分華麗。

……只是，正因禮服簡潔高雅，更凸顯身材曲線，可說是失算。反派千金那不知羞恥的身材穿上去之後……胸口之類的地方分明完全沒有露出來，都包得緊緊的，卻像某部大盜動畫裡穿著貼身皮衣套裝的性感角色那樣，營造出非比尋常的性感氛圍。一個堂堂十五歲的女孩，還真是跟惹人憐愛扯不上邊。

但這個效果似乎正如卡蜜拉小姐的盤算，她很開心地說著「皇都所有男士的視線都會聚焦在大小姐身上呢！」這種話。不，我可沒有追求這種事情。

牽起走下樓梯的葉卡堤琳娜的手，阿列克謝感慨地說：

「好美。就像是黑夜女王一般。」

所謂黑夜女王，是指被稱作闇夜精靈的夜之女神。不同於上輩子的歐洲，在多神教的皇國當中雖然並非主流的神明，卻被奉為最美的一柱女神。

「無論百萬繁星的光輝，抑或滿月的光芒，全都無法匹敵妳的美麗。雖然不知道『天上之青』是誰命名的，但妳就像要升天而去一般令我感到害怕。真希望妳哪裡都不要去，待在我的身邊就好。」

這麼說著，阿列克謝親吻了妹妹的指尖。

「兄長大人真是的。」

不愧是兄長大人。美化妹妹的妹控濾鏡厚得不得了呢！

而且貴族男子的華麗詞藻技能也太強了！

「大小姐，您真的非常美麗。能奉皇國最美的女性為貴婦人，尤爾諾瓦騎士團是何等幸福。」

「哎呀，真會說話。不敢當呀，騎士團長羅森卿。」

所謂騎士道精神，也包含了讚賞貴婦人的華麗詞藻嘛。能夠認真羅列出這些華麗詞藻，同樣是騎士的本事呢。謝謝啦。

阿列克謝擔任起護花使者，一同在羅森的前導下前往的一間小房間。室內有著優美的裝潢，壁紙及家具的布料都是統一成深綠色，是一間用來歡談的房間。

裡頭有一位葉卡堤琳娜熟識的人物正等著她。

「大小姐。」

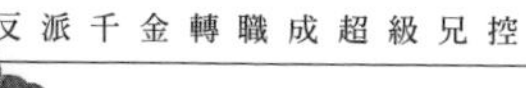

「馬爾杜老師！」

由於一直以來處在軟禁的環境中成長，在進入魔法學園就讀之前才發現完全沒有接受過任何貴族千金應有的教育，葉卡堤琳娜因此慌忙地勤於學習，這時擔任她的家庭教師之人便是阿納托利．馬爾杜。雖然入學後時有信件往來，但應該已經有一個半月沒有實際碰面了。馬爾杜身穿尤爾諾瓦騎士團的禮服，手中持劍站在眼前。

接著，他對阿列克謝及葉卡堤琳娜行了深深的一禮。

「多虧兩位的提攜，我才得以成為榮耀的尤爾諾瓦騎士團的一員。我絕對不會忘記這份大恩，將傾盡全力達成職務。」

他的身影看起來有模有樣，葉卡堤琳娜不禁覺得感慨。因為他戴著眼鏡，說話語氣又很平穩，本以為比較適合文官，不過看來高大壯碩的體格也足以擔任騎士。雖是正規雇用，依舊會讓人擔心他從家庭教師轉任騎士團員，工作性質是不是會相差太多，但看來是沒問題了。

「哎呀，老師，你穿起來真好看。我才是受到老師學識的諸多幫助喔。你能加入我等騎士團，令我感到開心不已。」

「是啊，葉卡堤琳娜跟魔獸那一戰真是打得很精采。我很期待你活用自身見聞，提升騎士團的戰術手腕。」

「不敢當。大小姐的這一番活躍，都是歸功於大小姐自己優秀的魔力以及熱中學習的態度。為了對我有著大恩的大小姐，以及敬愛的騎士團之主阿列克謝閣下，我會全心盡一己微薄之力。」

馬爾杜老師好快就適應了……已經完全習慣很有騎士團員風格的說話方式也太厲害。害我開始在意起他在擔任家庭教師之前的經歷。

才這麼想，阿列克謝便說：

「葉卡堤琳娜，妳知道嗎？馬爾杜出身自尤爾瑪格那的分家，曾以研究者的身分任職於亞斯特拉研究機構。瑪格那崇尚武術的風氣施行得很徹底，即使是研究機構的學者也會鍛鍊。他可是同時具備武藝本領，正是適合作為騎士團參謀的人才。」

「哎呀，原來是這樣！」

「說來丟臉，我也是因為忍受不了才會跑出來。這時不但對幾乎無法糊口的我伸出援手，還讓我擔任可以調查尤爾諾瓦家的文獻，並能實際在魔獸對策中幫上忙，對我來說是夢想中的職務。全都多虧了大小姐，我的妻小同樣對您抱持深深的感激。」

馬爾杜老師似乎也在幫芙蘿拉調查關於聖屬性魔力的事情。

我只是不斷向老師深入追問與魔獸戰鬥的方式而已，感覺好像讓事情往好的方向發展，真是太好了。

馬爾杜同行之後，我們便一起前往大廳。天花板垂著巨大的水晶吊燈，牆面也掛上描繪著建國時期故事的巨大繪畫，是一處璀璨輝煌的廣大空間。那裡擺飾著畫有尤爾諾瓦家徽的旗幟，以及尤爾諾瓦騎士團的團旗。

不只是皇都的常駐隊，為了明天的警衛工作，還從公爵領地調度騎士團員過來增援，所有人都在大廳整齊地列隊。

總計有一百名左右。身穿禮服，手中持劍的騎士，威儀堂堂又秩序井然地排在一起的光景相當壯觀。

尤爾諾瓦騎士團的總人數據說有千人左右。

過去作為尤爾諾瓦家的私人軍隊，致力於對他國或其他家族的戰鬥。然而皇國至今持續了四百年，無論對內還是對外也都持續著安定的關係。

在這樣的狀況下，騎士團主要的職務是討伐魔獸。尤爾諾瓦領地當中棲息著強大的魔獸，因此讓與之戰鬥的尤爾諾瓦騎士團以精明強悍聞名。另外，當災害發生時，他們也會進行人命救助。

總覺得以上輩子來說，有點像是特攝片裡面的什麼警備隊（把魔獸看作是怪獸的話）和自衛隊的混合體？

每年為了補充缺員，都會在四月中進行新人選拔，被選上的新進騎士在行幸前一天宣示忠誠，似乎是尤爾諾瓦騎士團的固定行程。而高強帥氣且站在正義一方的騎士團，是尤爾諾瓦領地人民的憧憬，每年都會有很多志願者蜂擁而至。

但在其他領地好像也會有騎士團不受人民歡迎的情況。像是成為會欺壓領民的領主爪牙，或是淪為只會花錢又沒有作為的米蟲等各種現象。順帶一提，總計有萬名之多的超級米蟲，主要職務是靠蠻力平定因為受不了重稅之苦而群起叛亂（應該說起義？）的領民，受到平民百姓厭惡憤恨的，便是尤爾瑪格那騎士團的樣子。

「尤爾諾瓦公爵阿列克謝閣下、公主葉卡堤琳娜大人蒞臨！」

羅森以清晰響亮的聲音這麼一說，騎士們立刻踏響腳步聲，併攏腳跟立正，並將拳頭抵在胸前垂首行禮。

在羅森的前導下，阿列克謝跟葉卡堤琳娜走到騎士們面前，踩上設置好的一段踏台，與他們面對面。

「禮畢。」

因為羅森這句話而抬起頭來的騎士們，昂首看著阿列克謝跟葉卡提琳娜。仰望這對美貌非凡的兄妹，讓他們的表情充滿了感慨與歡喜。

首先是阿列克謝。

在祖父謝爾蓋辭世時，阿列克謝年僅十歲。十三歲時，他第一次親自指揮討伐魔獸。在那場首戰中，阿列克謝足以親手解決魔獸的魔力與英勇，以及總是可以冷靜又明確地做出判斷的才智，讓騎士們由衷佩服。

在祖父死後，阿列克謝便成為騎士團實質上的主人，但形式上的主人依然是其父亞歷山大。直到去年在這個地方接受騎士們宣示忠誠的都是他的父親，騎士團的貴婦人也仍是祖母亞歷山德菈。

把危險的任務交給還留有一點稚氣的孩子，唯有在安全又華美的場合彰顯自己身為騎士團之主身分的亞歷山大，不可能會受到騎士們的支持。

從小就與大家共享苦樂的阿列克謝名符其實成為騎士團之主，接受新進騎士的忠誠。

這對騎士們來說，是件感慨萬千的事情。

接著是葉卡提琳娜。

在謝爾蓋辭世，亞歷山大繼任爵位的當下，原本騎士團的貴婦人應當是要由亞歷山大之妻安娜史塔西亞擔任。然而安娜史塔西亞沒有獲得應得的榮譽，不但被軟禁，最後更死於非命。

在騎士們的印象中，葉卡堤琳娜是與其母一起受到祖母殘酷對待的悲劇千金。

而且透過曾經直接與葉卡堤琳娜有所接觸的馬爾杜轉述，關於她的事情也傳了開來。跟兄長阿列克謝一樣優秀，個性謙遜溫柔，時不時都會送小點心給家教的年幼女兒，具備著女人味的體貼。然而當魔獸出現在學園時，卻展現出優先讓同學們逃走，並選擇自己留下來戰鬥的凜然勇氣。

到了今天，葉卡堤琳娜第一次在騎士們面前現身。身穿豔麗衣裝的她，展現出讓人看不出來僅僅十五歲的成熟感，以及女神般的美麗。

還有哪一位千金能比她更適合擔任騎士團的貴婦人呢？騎士們的心中滿懷感動。

葉卡堤琳娜要是得知了騎士們的內心想法，應該會抱頭大喊「對不起！這一切都是詐欺真的很對不起！」吧。

今天對葉卡堤琳娜宣示忠誠並奉劍的是騎士團長羅森、騎士團副團長，以及來到皇都的兩名隊長共四個人。

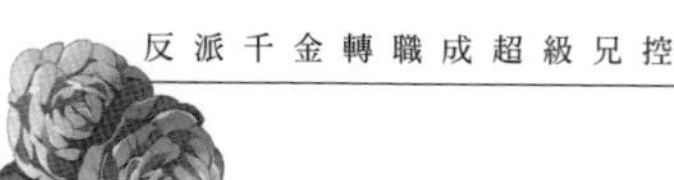

接著還有包括馬爾杜在內的十名新進騎士，在向阿列克謝宣示忠誠並奉劍之後，便對葉卡堤琳娜進行了相同的儀式。

騎士在奉劍時，接受的那一方要收下劍，並用那把劍拍打騎士的肩膀。

這個動作根據不同的騎士團會有些微妙不同的地方，有些是輕輕拍打，有些是單純輕觸肩膀，有些則是會打到留下瘀青等，諸如此類的特色。

尤爾諾瓦是輕輕拍打派。自古延續下來的騎士團有很多是會痛打一頓的（是要注入鬥志喔），尤爾瑪格那跟尤爾賽恩好像都是豪爽地痛打一頓，但尤爾諾瓦的第一位貴婦人，也就是始祖謝爾蓋的正妻克莉絲汀是位嬌小婉約的女性，不適合那樣注入鬥志的樣子。

謝爾蓋是位愛妻人士，面對不滿克莉絲汀作法的家臣，他便說著「不然自己就以猛砍一頓來代替痛打一頓吧」而抽出佩劍，留下了如此狂野的愛妻逸聞。從他們掛在肖像畫廳間當中的肖像畫看來，謝爾蓋身材修長，跟嬌小的克莉絲汀是一對身高差距頗大的夫妻。

另外，皇室的騎士團也就是皇國騎士團，則是輕觸肩膀派。由於是皇國規模最大的騎士團，人數眾多，似乎是在不知不覺間簡化的結果。

太感謝妳了，克莉絲汀小姐。如果要把十四個人的肩膀都打到留下瘀青，我可辦不到。劍算是金屬棒吧。要是不小心打太用力，會不會骨折啊？

才這麼想，原來在注入鬥志的儀式中骨折，似乎是騎士團常見的事……

幸好我是身為我們家的孩子。

一開始是騎士團長羅森將自己的劍抽出劍鞘。跪下之後，便將劍遞給等著他奉上的葉卡堤琳娜。

皇國的騎士使用的劍是軍刀型，就跟日本刀一樣輕巧，刀身也有彎曲，而且劍尖有三分之一的部分是雙刃。是一種或砍或刺都能使用的機能型美麗刀劍。

「尤爾諾瓦騎士團長，艾夫列木·羅森。在此將愛與忠誠注入一己騎士之魂以及吾劍之中，奉獻給我等騎士團高貴之貴婦人葉卡堤琳娜大人。」

葉卡堤琳娜從羅列忠誠誓言的羅森手中接下佩劍，並輕輕抵上他的肩膀。接著，便立下誓言。

「我，葉卡堤琳娜滿懷欣喜收下騎士團長羅森的忠誠。感謝你至今辛勞工作的付出，並期待你未來的奮勉。」

語畢，我以劍身輕輕拍打肩膀之後，再將那把劍捧著拿起來，遞回羅森的手上。

「吾之貴婦人。」

再次捧回了劍，羅森深深地垂首致敬。

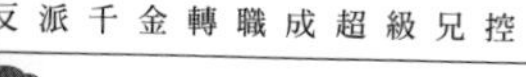

……最後這句台詞真的有包含在儀式當中嗎？

話說回來，像羅森先生這樣成熟內斂的大叔對自己下跪，不禁令人覺得難為情，卻又美如畫，內心真是小鹿亂撞呀。

對歷女來說這可是超亢奮的美好活動。雖然是這樣沒錯，但心情實在太緊張又渾身僵硬，可以的話真希望自己不是受人奉劍的立場，很快就想成為窩在角落參觀的人了。

但我是兄長大人的妹妹，可不能如此。

還有十三個人。我要加把勁啊！

儘管葉卡堤琳娜內心懷著這般無謂的感想，宣示忠誠的儀式依舊順利地進行下去，新加入騎士團的十位也正式成為尤爾諾瓦騎士團的一員了。

如此這般，宣示忠誠的儀式結束，阿列克謝跟葉卡堤琳娜離開之後，在只剩下騎士團成員的現場，新進團員便接連受到前輩們的歡迎，大家都對於他們能將佩劍奉給那兩位紛紛表達出羨慕之情。

「妳累了吧，葉卡堤琳娜。也是為了明天做準備，妳今天就先回房間休息吧。」

走出大廳之後，阿列克謝立刻這樣說，但葉卡堤琳娜搖了搖頭。

「不會的，兄長大人。我沒問題……只是……」

「只是？」

「我這下子終於知道──自己是多麼無力了……」

劍重得要命！

不，重是理所當然的。畢竟整把刀刃就是八、九十公分的鋼鐵塊。

但我之所以會受到打擊，是因為不禁用上輩子的感覺去拿劍，卻比想像中來得重而感到錯愕。

如果是上輩子的我，應該可以更輕鬆地拿起劍。不，上輩子我並沒有拿過劍，只是手臂應該更有力才對。不只臂力，體力也是上輩子的自己比較好。由於國高中的社團活動參加的是合唱團，所以非得增強體力才行。大賽前還會加強練跑呢。

……像是合唱團跟管樂社團之類的，都有著會不甘被當作文化類型社團的一面呢，嗯。

不過，正因為具備這樣半吊子的體力，進公司之後的所有黑心勞動我都忍了下來，直到忍不住的時候過勞死了就是。

「那也是……當然的。既然是尤爾諾瓦之女，原本便不該拿這些重物……這樣勉強

妳，真是抱歉了。」

「請別這麼說。我只是覺得身為騎士團的貴婦人，現在應該要稍微調整身心而已。」

仔細想想，這輩子度過的都是與增強體力與臂力無緣的人生。被軟禁的時候甚至無法出門，即使脫離了那樣的狀態，依舊是自閉地窩在家裡，回想起上輩子的記憶之後又埋頭念書……

好、好像還是想辦法補救一下比較好吧。明年之後也都會有這樣的儀式。

「兄長大人，我想開始做些活動身體的事情。我向你保證，只會做些符合身為尤爾諾瓦之女的事情。能請你允許嗎？」

……前陣子為了不讓他說出「要不要成為皇后」這句話，活用了體弱設定的事情仍記憶猶新便是了。

不，只是設定就算了，真的體弱可不行！這樣的身體應該會一天到晚感冒，還可能給兄長大人擔心或是添麻煩。只有兄長大人覺得我體弱，但其實是個健康寶寶。這才是最佳平衡！

嗯。反正每星期都要回來這間公爵宅邸，我想開始學些像是騎馬或聲樂之類，對於貴族千金來說不會突兀，卻有可以增強體力的事情。

「既然妳能跟我約好不會勉強自己，那當然沒關係。我覺得這是件好事。」

牽起葉卡堤琳娜的手，阿列克謝淺淺一笑。葉卡堤琳娜再次體認到每天都在鍛鍊的他，有著一雙結實的手。

「兄長大人這麼忙碌，還每天都進行鍛鍊，真是厲害。」

「畢竟貴族的魔力，就是要守護民眾不受到魔獸等外力的侵擾，而且即使現在的世道和平，為了隨時都能提供武力而進行鍛鍊，可說是我等的義務……對了，我想帶妳去看個東西。如果妳真的不累，可以跟我來一下嗎？」

這麼說著，阿列克謝帶著妹妹到收藏許多武具的寬敞房間。不讓武器傷到手而隔了很大的間隔當中，陳列著鎧甲，長槍與戰斧等武器也都整齊地直立靠在像是收納用的檯子上。至於牆上則掛滿了整片的刀劍。

阿列克謝伸手拿起擺在正中央的那把劍。刀柄頭的地方鑲了貴重的石頭，刀鞘也經過美麗的精工處理，是一把打造完美的劍。

「這是我們家代代相傳，謝爾蓋公的愛劍。」

喔喔……是始祖的劍。也就是說……

這是傳家寶刀！

上輩子偶爾會在新聞聽見「傳家寶刀」一詞，但通常都是用在「總理大臣的傳家寶刀，解散眾院重新大選」這種比喻。然而這是始祖型，如假包換的傳家寶刀。始祖型傲嬌

的兄長大人持有始祖型的傳家寶刀啊。事到如今，更是感受到建國以來延續四百年的公爵家有多厲害了。

這時，阿列克謝將那把劍連同劍鞘都一起朝著葉卡堤琳娜遞了上去。

「妳拿看看。」

「好的。」

加油！我在內心激勵著自己並收了下來——

葉卡堤琳娜不禁睜圓了雙眼。

「天啊，兄長大人，好輕喔！」

這是怎樣？比剛才拿的騎士們的劍還要輕盈。難道這是竹刀？

像是看透了這番質疑，阿列克謝從葉卡堤琳娜手中接過那把劍，便一口氣將刀刃從劍鞘中抽出。

經過了四百年的歲月，刀身現在依然綻放出耀眼的光輝。看起來甚至比剛才騎士們拿的劍還要更大一把而沉重。

「這把劍只有當身上帶有尤爾諾瓦家血緣的人拿著的時候是輕盈的，沒有血緣的人拿起來據說甚至比一般的劍還要沉重。」

「好厲害啊！竟然有這種技術嗎？」

「實際上應該只是當感應到具備超過一定程度魔力者拿起來時，會啟動輕量化而已吧。刀柄的地方鑲有虹石對吧，據說虹石是凝聚了自然界魔力的一種礦物，或許是這個反應化作啟動關鍵了吧。傳說亞斯特拉帝國有著能夠判定親子關係的辦法，卻也很難想像光是拿起劍就能辦到。」

「……兄長大人說的有理。」

嗯——以浪漫層面來說是有點可惜，但這麼有邏輯的說服力依舊很有兄長大人的作風。話說回來，光是可以讓劍輕量化便已經很厲害就是了。

話說回來，兄長大人持劍的樣子同樣宛如一幅畫啊！這把劍有著跟日本刀相似的彎曲線條，外觀真的很美麗。劍尖有三分之一的部分是雙刃這點，也跟古代類型的日本刀有著劍尖雙刃一樣。然而跟日本刀不同的地方在於基本上這是單手劍。兄長大人單手輕鬆地架起軍刀的畫面，何等美妙啊～

發現妹妹看得入迷的視線，阿列克謝輕輕笑了一下。他拉開跟葉卡堤琳娜之間的距離，並架起了劍。

螢光藍的雙眼充斥了冷冽的光線，緊盯著眼前的空間。

（啊。）

葉卡堤琳娜不禁睜大雙眼。她總覺得在阿列克謝緊盯著的空間當中，看見了出現在演

練場的魔獸。

咻！地一聲，在揚起劍風的同時，劍也跟著揮下。

那銳利的一閃，便砍落了幻影魔獸的頭。

「哇啊，兄長大人，好精采的手法！」

葉卡堤琳娜不禁送上掌聲。

「那隻魔獸出現的時候，要是兄長大人手中持有這把劍，便能俐落解決掉了呢。」

「……真虧妳看得出來。沒錯，我剛才就是假想了那隻魔獸。」

「果然待在兄長大人身邊才是最令人安心的，這讓我更加篤定了。」

面對妹妹的稱讚，阿列克謝勾起了微笑。

接著，他看向拿在手中的劍，喃喃說道：

「雖然我是騎士團之主，並非騎士……」

這麼說著，阿列克謝便在葉卡堤琳娜身前單膝跪地。他將已經出鞘的劍捧在手上。

「要是妳遭遇危險，我將會拋開公爵之位及指揮官的立場，化身一把劍來保護妳。無論如今還是往後，我都是為了公爵家而活，唯獨妳是足以讓我捨棄這個家的重要存在。吾之貴婦人葉卡堤琳娜，妳願意收下我奉上的劍嗎？」

「兄長大人……」

意料之外的這番話，讓葉卡堤琳娜睜大了雙眼。

怎麼辦，兄長大人竟然……

正中紅心的超級帥哥說想對我奉劍。

要死了。這會萌死人。

男神正在萌殺我。

不，那不是重點。我可不要被萌傻了啊！

「不、不可以。兄長大人貴為宗主，我身為妹妹，理應是要輔佐兄長大人的立場啊。」

「我是個不成熟的宗主。明明身邊有那麼多親信及領民在支持著我，但只要妳不在身邊，我就不覺得自己活得下去。妳是真的替我著想的話，還請妳……收下這把劍吧。」

別、別這樣一臉悲戚地抬頭看著我啊，兄長大人！我會萌到當場喪命！

不再掙扎之後，葉卡堤琳娜收下了劍，並將刀身抵在阿列克謝的肩膀上。

「我，葉卡堤琳娜懷著愛與忠誠收下尤爾諾瓦公爵阿列克謝之劍。感謝你至今的愛與保護，也希望未來能與你一起相互扶持。」

接著輕輕拍打了肩膀。

一如儀式地捧著家寶之劍，葉卡堤琳娜將劍還回阿列克謝的手上。

……然而，即使阿列克謝收下了劍，葉卡堤琳娜的手依然沒有放開那把劍。

「兄長大人，請你站起來。」

在勾起惡作劇般微笑的妹妹催促之下，阿列克謝站起身來，葉卡堤琳娜便從哥哥手中拿走劍，這次換她自己跪了下來。

「葉卡堤琳娜……？」

「兄長大人，雖然我的身體是這麼軟弱無力，但我也想保護兄長大人。所以，還請兄長大人讓我奉上這把劍吧。」

男神無微不至地照料自己是一種幸福，但就是要向男神奉上自己的一切才對吧！

在我的定義中就是這樣啦！

「葉卡堤琳娜，但是……妳是貴婦人啊。」

「兄長大人不也是貴為騎士團之主，卻向我奉上了劍嗎？敬愛的兄長大人，我將向你奉上這把灌注了愛與忠誠的劍，能不能請你看作是我的靈魂收下呢？」

抬頭看了哥哥之後，葉卡堤琳娜淺淺一笑。

雖然阿列克謝難得表露出狼狽的模樣，但仍下定決心從妹妹手中接過了劍，將劍抵上垂首的葉卡堤琳娜的肩膀。

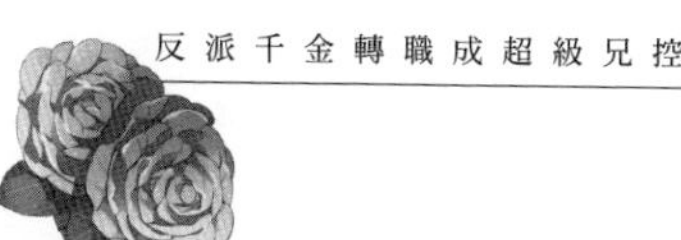

「我，尤爾諾瓦公爵阿列克謝，心懷對吾之貴婦人的敬意，收下最愛的妹妹葉卡堤琳娜奉上的劍。感謝葉卡堤琳娜的獻身，我發誓將永遠深愛並守護其身。」

接著就要以劍身輕打肩膀——才對。

但劍遲遲沒有落下。這時葉卡堤琳娜因為感到費解而抬起臉來，阿列克謝的手卻碰上她的臉頰，並蹲下來在她的太陽穴留下親吻。

「…………………」

呀啊啊啊啊啊啊。

活下去啊！加油！我要重振起來啊！

才這麼想，阿列克謝便牽起她的手，讓葉卡堤琳娜站了起來。

「兄長大人……剛才那樣做，應該跟儀式不相同吧？」

「抱歉。但我還是沒辦法打妳。要是用這麼粗獷的東西拍打了妳纖瘦的的肩膀，妳一定會受傷的。要是事情變成那樣，我也會跟著心碎吧。」

看他傷透腦筋地這麼說，讓我覺得魂都要飛了。

明明是個戴著單片眼鏡的冷酷型美男子卻這麼可愛啊可惡好想對著阿爾卑斯山脈大喊「有夠可愛啊可惡——！」甚至喊到產生回音！雖然我也不知道為什麼是阿爾卑斯山啦！

我到底在說什麼啊！

「……」

以手勢拜託他將頭低下來之後，阿列克謝好像以為又要像之前那樣搔亂他頭髮的樣子，便揚起苦笑低下頭來。

葉卡堤琳娜將手放到他的肩膀上，在阿列克謝的太陽穴留下親吻。

呀啊～～親下去了！

沒有明顯表現出內心這樣的尖叫，葉卡堤琳娜只是優雅地露出微笑。

「我聽說那樣拍打肩膀，是為了要讓誓言銘記在心而不忘懷。既然如此，這樣的方式更令人難以忘懷吧。這可是兄長大人創立的尤爾諾瓦公爵家禮節呢。」

「妳喜歡的話，我會覺得自己真是想出了一個很棒的點子。」

這麼回應著，阿列克謝也破顏微笑。

「貴婦人向騎士團之主奉劍可說是史無前例。然而，比起收下這些東西，妳總是更願意付出的這份溫柔，真的既尊貴又高潔。

葉卡堤琳娜，妳才是最上等的貴婦人。」

第二章 行幸

五月的天空一片晴朗無雲。

尤爾諾瓦公爵宅邸中的薔薇園整頓得十分完美，就連一片落葉或是一根雜草都沒有，色彩繽紛的薔薇花正是開得最美的時期。一有微風吹過便會帶起薔薇的芳香，在身穿華美禮服的警備騎士一旁，只有公爵家的家輝染上色彩的旗幟颯颯飄揚。打磨得晶亮的噴水池向上噴出的水柱散發處閃耀的亮光，還浮現了一道小小的虹彩。

葉卡堤琳娜站在阿列克謝身邊，等候皇室一家的馬車抵達。

在皇都的公爵宅邸正門玄關前，可以並排停下好幾輛馬車的遼闊迴轉車道上，兩人身後整齊劃一地排著一團騎士，更高舉起皇國的國旗以及公爵家的家徽旗。

看樣子還要一段時間才會抵達。能這樣估計，也是因為聽見的歡呼聲仍很遙遠。

從皇城到尤爾諾瓦公爵宅邸的距離並沒有很遠。以上輩子的感覺來說就像從皇居到赤坂御用地吧。這麼說來，赤坂御用地以前好像也是紀州德川家江戶宅邸所在的地方。看來有權者之間的位置關係，即使換了一個世界似乎依舊相差無幾。

然而每年會前往三大公爵家行幸這件事對皇都居民來說是眾所皆知的，於是人們會為了看皇室一家一眼而聚集在路上。由於上位貴族位於皇都的宅邸比鄰，這一帶的寬敞道路平常相當閑靜，只有這個時候會擠滿了庶民。皇室成員會一邊與民眾們揮手，因此馬車也是緩慢前行，才會拉長了這段車程。

說到底，皇室會造訪三大公爵家的目的，旨在於展現皇室與公爵家之間的凝聚力。正因如此，才會明顯地提前在抵達目的地的這段路程上做好交通管制，還帶上皇室騎士團，刻意籌備得像在遊行一般熱鬧地前來。

而且為了提升三大公爵家的權威，會賦予他們足以抑制其他貴族的力量，與此同時卻也會煽動三大公爵家彼此之間的競爭意識，這是要避免他們聯手對皇室造成危害。

自從尤爾古蘭皇國建國以來，已經延續了四百年。雖然這也是基於各種因素，但綜觀歷史來說，很少有一個國家得以如此長久。

在這麼長久以來的年月之中，都是皇室維繫著政治體系至今。

因此說到職責之一是維護皇室血統的三大公爵家，便是令人敬畏的存在。

這時歡呼聲越來越近，終於——

「葉卡堤琳娜，妳有聽見嗎？」

「是的，兄長大人。」

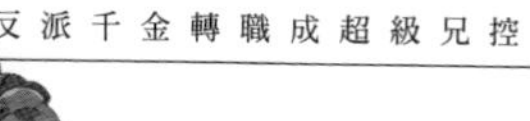

聽見的是嗡嗡吹響的號角聲。

在阿列克謝的指示之下，尤爾諾瓦騎士團的演奏者們便舉起號角，並高聲吹響。

建國時期，當身為長兄的彼得大帝還在跟後來成為公爵家始祖的三位弟弟一起率軍馳騁戰場的時候，他們並不是高舉起可以目視的旗幟，而是用號角吹響各自決定好的旋律，藉此傳達我軍在戰場上的位置以攜手合作。

效仿這個典故，當皇帝要大駕公爵家的時候，在抵達之前總是會用號角吹響彼得大帝的旋律。

這時公爵家便要回以各自始祖的旋律。

（啊啊啊，這讓歷女好熱血沸騰啊——！）

面對皇室一家的行幸一直都感到有些畏縮的葉卡堤琳娜，這時情緒一口氣高昂了起來。這個世界的歷史也好有趣。尤其是在皇國建國時期，關於那四兄弟之間的軼聞特別精采。

建國之父彼得大帝具備讓眾多將兵折服的領袖特質，他既是具備傳說等級的高強雷屬性魔力的戰士，更是個兼具深思熟慮及政治手腕多端的人物。然而，他似乎不擅長指揮各自的戰場，也曾遇過好幾次被逼到差點敗北時，受弟弟所救的狀況。

通常會前往救助大哥的，不是二哥謝爾蓋就是么弟保羅。三弟馬克辛雖然能在外交及內政方面發揮其本領，但似乎跟長兄一樣不擅於進行戰場的指揮。相對的馬克辛是個野心家，好幾次曾與保羅共謀想要叛離長兄。不過在彼得成為皇帝之後，他對皇國的安定與發展有莫大的貢獻。

保羅是個跟長兄彼得還有三弟馬克辛正好相反的勇武男人，亦是四個兄弟當中最優秀的戰場指揮官。他年輕時是個粗暴並執著於強大力量的人，也曾有瞧不起知識分子的言行，然而隨著年紀增長，他理解到知識的重要性。「人就是要提升自己的教養」成了他的口頭禪，更建立了亞斯特拉研究機構並勤勉向學，據說在老年時已經可以寫出一手優異詩文了。

二哥謝爾蓋則是能力沒有特別偏頗的萬能型，同時也是兄弟之間的和事佬。當三弟幾乎要叛離的時候，謝爾蓋時而說服時而打倒他，不但適時止住了這個想法，還修復了他與長兄之間的情誼。

彼得對於從來沒有背叛過長兄的謝爾蓋投以全面性的信賴，然而太過仰賴的結果就是將各種事情都完全丟給他處理，謝爾蓋一氣之下便拋開所有事情，跑到自己的要塞自主隱居（應該說是閉門不出），而且這樣的事情還有過兩次。兩次皆是彼得自己飛奔過去向他低頭道歉，所以都有和好。

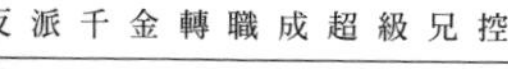

『謝爾蓋公對彼得大帝來說，是超越正妻的正妻』。

這是某本歷史書中的一段記述。讀到這邊時，葉卡堤琳娜不禁笑了出來。建國時期的那種大格局，總覺得跟日本戰國時代有點像。

「兩位陛下為人都很和善。妳別太緊張，表現得跟平常一樣就行了。」

「好的，兄長大人。」

雖然這句話聽他說過很多次了，難度依然很高。

但我會加油的！而且兄長大人都說今天這件禮服更是適合我！即使沒有影響，女生就是能因為這句話而努力嘛！

今天的禮服也是活用了琉璃色的「天上之青」製成，上半身的正面部分用的是春空色，上頭更加上了黑色蕾絲。胸前的蕾絲稍微加上幾片荷葉邊，並在那中心別上虹石胸針。

雖然自己講滿奇怪的，但反派千金實在太適合黑色蕾絲了。儘管自己講真的很奇怪，可是真的超適合。然而沒有必要的性感度也跟著提升就是了。

看到換好禮服現身的葉卡堤琳娜時，阿列克謝同樣不禁睜大雙眼。

接著，便見他難得露出在斟酌話語的表情之後，有些害羞地露出了微笑。

「抱歉，這樣說聽起來真的愚蠢……但我還是第一次切實體認到，所謂男人真的就是只要身邊有一位美麗的女性，便會湧現力量的生物呢。只要牽著妳的手，我就覺得沒有什麼是我辦不到的事。」

這麼說完，阿列克謝牽起妹妹的手，並輕輕握住。

「妳好美，比昨天更加美麗。雖然不太懂關於女性衣裝的事情，但我覺得今天這件禮服更適合妳。」

「哎呀……這真是令人開心。」

（加油啊，我的腿！可別腿軟啦，加油！）

完全沒有表現出在內心瘋狂激勵自己雙腿的心情，葉卡堤琳娜只是淺淺一笑。

昨天還能聽聽帶過，今天這是何等的破壞力！

而且像兄長大人這樣沒有絲毫破綻的能幹男人一旦露出有些害臊的微笑，到底是要人怎麼辦才好？不，不能怎麼辦也沒差就是了。

總之，多虧了兄長大人而在內心湧現力氣的人是我才對！看我以順利撐過這天來當作證明吧！

不久後，皇室一家搭乘的馬車終於抵達，並穿過了公爵宅邸的大門。那是一輛裝飾得

氣派雄偉的華美馬車。

（馬好像很強！）

拉著馬車的兩頭馬並不是普通的馬匹，而是帶有魔獸血緣的「克里莫夫魔獸馬」。

既然是如此華麗的皇帝馬車，當然也相對沉重，讓一般馬匹拉的話，若沒用上六頭會拉不動，但這種馬只要兩頭就能輕鬆拉動了。這兩頭乍看之下只是美麗的白馬，額頭上卻有著銀色犄角，鬃毛跟尾巴帶著青色燐光。仔細一看，嘴邊似乎還能窺見尖牙。

馬為什麼會有尖牙？不是草食動物嗎……搞不好不是。

但正是這樣才帥氣！光是馬就這麼厲害了，人們當然會滿心雀躍地跑過來湊熱鬧吧。

一輛熠熠生輝的馬車，停在阿列克謝跟葉卡堤琳娜的面前。

前來恭迎皇帝的侍從，打開了馬車的車門。

阿列克謝將拳頭抵在胸口，恭敬地低下頭。

在距離他身後一步的地方，葉卡堤琳娜也展現貴族千金應有的端莊嫻淑，以跪禮之姿深深地垂首。

「阿列克謝，謝謝你前來迎接。放鬆點吧。」

這時傳來了響亮通透的聲音。

「人在那裡的便是你的妹妹嗎？我也很想見見她。」

「這是我的光榮，陛下。」

阿列克謝向後退了半步，並牽起葉卡堤琳娜的手。

「這位便是吾妹葉卡堤琳娜，感謝您賜予拜見尊容的榮耀。」

他這麼說著的聲音當中，聽起來帶有壓抑不了的自豪感。

在哥哥的手牽引之下，葉卡堤琳娜站起身來，並抬起輕垂著的雙眼。

「我是葉卡堤琳娜・尤爾諾瓦。能拜見陛下是我的光榮。」

儘管語氣鎮定地說了出來，葉卡堤琳娜依舊緊緊握住了阿列克謝的手。

真不愧是皇帝陛下，威嚴跟壓迫感不同凡響，讓人說不出「超強」這種輕浮的話，真是太厲害了。

這就是尤爾古蘭皇國的皇帝，康斯坦汀・尤爾古蘭。

神情跟皇子很像。我記得他的年紀應該是四十歲左右，完成度高到讓人覺得皇子要是到了這個年紀，應該也會是這副樣貌吧。帥哥就是會隨著年紀增長而更添魅力。

夏日天空般的藍髮之中夾雜了一些白。他的眼睛跟皇子一樣是明亮的夏空色，眼神卻強而有力，不知道究竟經歷過多少滄桑。

現在的皇國和平又安定。為了達成這點，在皇國之中貢獻最多的，想必就是這一位人物。感謝兄長大人也很敬愛的賢帝陛下。

皇帝「呵」地輕笑了一聲，眼神轉為柔和。

「好一位美麗的千金。你們兄妹倆終於能夠相見，看起來關係也很好，我就放心了。阿列克謝，真是太好了呢。」

「不敢當，陛下。」

阿列克謝回握葉卡提琳娜的手並行了一禮，隨即和妹妹相視而笑。

「我有聽說魔獸的那件事喔。還以為是多麼活潑外向的小姐，沒想到是位嫻淑溫雅的千金，嚇了我一跳呢。」

站在皇帝身旁的皇后這麼搭話道。

我很想見到妳喔，瑪葛達蕾娜皇后陛下！

她的髮色跟眼睛都是藍綠色。看起來像是有著珊瑚礁的大海顏色，相當美麗。雖然笑起來的時候眼尾有一些細紋，但那雙眼中寄宿著明亮的光輝。她應該跟皇帝陛下同年，看起來卻很年輕，與身形修長的陛下差不多高，很少看見這樣高挑的女性，是位面容端莊，樣貌凜然的美女。

一如我猜測的印象，好帥氣！給人一種標準能幹女上司的感覺。雖然並非長相相似，但感覺跟我上輩子還滿喜歡的一位前少女歌劇團巨星女演員滿像的。

「葉卡提琳娜強勢的地方可不輸給母親大人喔。雖然是個溫柔的女生啦。」

喂，皇子，你這是在稱讚我嗎？還是在貶低我啊？到底是怎樣？

這麼想著，才將視線移到米海爾身上的葉卡堤琳娜不禁睜大了雙眼。

哦哦……皇子看起來就是王子殿下耶。

仔細想想，至今只看過他穿制服的樣子。雖然他穿上學園的制服很好看，但那終究不過是比較休閒的感覺。今天他穿著加上金絲緞之類的華麗服裝，皇家氣場開好開滿，讓人再次體認到他真是一大帥哥。

不過米海爾同樣睜大了雙眼。

「……這麼說來，我還是第一次看見妳制服以外的打扮。真是漂亮的禮服，很成熟也很適合妳。」

……好正派。以一個十五歲男生來說，這已經是夠合格的感想了。像兄長大人那樣羅列華麗詞藻的技能果然是非比尋常。

「不敢當。米海爾殿下的打扮也相當帥氣。」

對他這麼淺淺一笑之後，米海爾的臉頰染上了一點緋紅。

抱歉。反派千金太性感了，真是抱歉。

但站在你的立場來說，以後應該會有更多更猛的大姊姊來誘惑才對，請趁現在習慣這件事吧。

不，這個世界的婚期比上輩子更早，我看他已經被盯上了吧？這樣就臉紅還得了？加把勁啊，皇子。

「哎呀，今年也開得好美呢！」

穿過蔓藤薔薇的拱門，看見了整片薔薇園的皇后瑪葛達蕾娜不禁揚起讚嘆。

現在皇室一家跟尤爾諾瓦公爵家兄妹一起，成列走在庭園之中。觀賞完薔薇之後，再共進午宴是一如往年的例行行程。

「看來無論宅邸的管理還是領地的統治都進行得很順利呢。儘管年輕，你身為宗主果然做得很穩妥。」

「雖然現在的我仍不盡成熟，但有您這番話真是感激不盡。」

對於皇帝的一番話，阿列克謝做出回應。正因為阿列克謝從小就會為了要陪伴米海爾玩樂而出入皇城，皇帝很熟知他的為人，更抱持期待。

「前幾天，我去見了祖父大人……也就是先帝陛下。他問到謝爾蓋的孫子過得好不好，看起來同樣很緬懷你的祖父大人喔。」

米海爾這麼說。謝爾蓋侍奉的先帝巴倫汀現在尚在世上。尤爾古蘭皇國的皇位基本上是以讓位形式繼承的。

巴倫汀是阿列克謝的祖母亞歷山德菈的弟弟，雖然聰穎，卻也有容易生病及軟弱的一面，相當感謝支持著自己的謝爾蓋。雖然無法反抗性情激昂的姊姊，但在謝爾蓋辭世之後，他同樣很關心阿列克謝。

屆時米海爾即位的時候，阿列克謝應該也會跟祖父謝爾蓋一樣，擔任宰相或是大臣吧。

時至那時，我得成長到可以代理公爵領地內政的程度，並折斷兄長大人的過勞死旗標！

葉卡堤琳娜不禁在心裡緊緊握拳。

「葉卡堤琳娜，妳那件禮服真是漂亮。是很美的青色呢。」

來了——！

聽見皇后拋來話題，我在內心緊緊握拳擺出勝利姿勢。

「能聽皇后陛下這樣說，是我的光榮。其實這使用的是在尤爾諾瓦領地發現的新款染料。價格不但比至今使用的青金石更平價，又能染得更美麗。」

「這樣呀。」

皇后的雙眼都亮了起來。

看樣子是有引起她的興趣，但想推銷的意圖似乎太顯而易見。畢竟皇后陛下展現了振

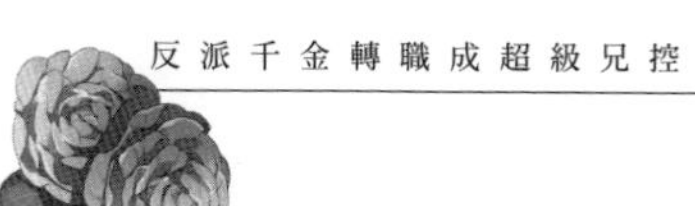

興經濟的手腕，平常應該會有各式各樣的商品推銷蜂擁而至才對。

這時，皇后淺淺笑了。

「像妳這麼年輕的千金，比起流行的禮服款式，竟然更重視自己領地的產物，還真是罕見呢。有這份心很好喔。」

「不敢當。在我看見陛下這身衣裝時，也被自海的另一端傳過來的絲綢之美給深深吸引了。我能深切體會憧憬陛下的女性們同樣想穿上身的那種心情。」

沒錯，這並非客套話。編織在拿來製成禮服的絲綢上的，是與上輩子的伊斯蘭花紋很相像的精緻幾何圖形，真的超美！非常適合皇后陛下那種帥氣女性般的容貌。

既然都能讓我回想起少女歌劇團中飾演男角的巨星，這位絕對也很受女性歡迎。女性們當然會想穿同樣的禮服，當然有辦法締造流行。

「哎呀。」

見皇后挑起了眉，葉卡堤琳娜有些消沉地想，會不會是自己的客套話太明顯。然而皇后這時卻對她眨了眨眼。

「這番話說得還真是可愛呢。」

巨星對我眨眼啦，救命啊超帥！

「若是這樣的藍，要出口到『諸神山嶺』的另一端也很不錯呢。那些國家的人民多是喜歡藍色及綠色。對沙漠之國來說，會讓人聯想到水源林木的色彩是一種憧憬喔。」

「出口嗎！真是令人深感興趣的意見呢。」

原來如此！這麼說來，上輩子中東那邊的國家都很喜歡綠色，國旗也多會使用綠色，而且還有好幾座美麗的藍色清真寺。

「呵呵呵。」

見到葉卡堤琳娜的反應，皇后不知為何感覺很開心地笑了。

「有些比較纖細敏感的人，一聽到沙漠之國便會說那是蠻族之類，展現出抗拒反應。

不是，什麼蠻族啊……光是看到這種布料，就能知道他們那裡的文化水準有多高了。然而妳的眼睛卻都亮了起來呢。」

看來也是有說這種蠢話的人呢。

呃啊啊啊，我想到一個感覺就會說這種話的傢伙了！

……仔細想想，直到去年為止，在這裡恭迎皇室一家的人是那傢伙跟父親對吧……對那傢伙來說，皇帝陛下是姪子，皇后陛下則是姪子的妻子……

臭老太婆……該不會連皇后陛下都欺負吧……？

『只要成為皇后，即使是祖母大人也要對妳低頭……所以……』

回想起母親在耳邊響起的這道細聲話語，葉卡堤琳娜的臉色便陰鬱了下來。

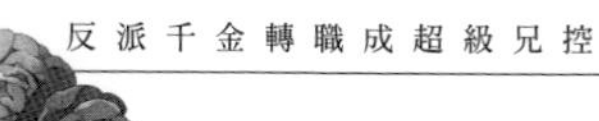

「葉卡堤琳娜？妳怎麼了？」

皇后這麼一喚，我這才猛然回神過來。

「對、對不起，請原諒我的無禮。」

「妳別放在心上。比起這點，妳是覺得哪裡不舒服嗎？」

「不，只是忽然間想起母親而已。恕我冒昧，由於陛下的年紀與母親相仿……」

「哎呀，是這樣……」

皇后輕聲嘆了一口氣。

「安娜史塔西亞……我記得很清楚。她的年紀比我小一點，既美麗又賢淑，是位宛如貴族千金典範的人呢。關於妳母親的事情，請節哀順變。妳跟妳的母親如出一轍，卻讓人覺得更加成熟，也更為可靠呢。」

「真不敢當。陛下這番溫暖的話語，深深觸動了我的心。」

……這還是我第一次聽到別人為母親大人獻上哀悼。

不對，在母親大人的葬禮上，應該有很多人說過這樣的話……但我一句都記不得了。唯有她過世那時的事情，強烈地烙印在我的心頭。在那之後的事……我只記得有許多花、許多人，並盛大又井然有序地舉辦了葬禮。我身在其中，覺得既茫然又輕飄飄地，時間就這麼流逝而去。

……我那時一點忙也幫不上，真的很對不起全權負責籌辦了整場葬禮的兄長大人。竟然讓他獨自面對這麼多事情。

如此一想，能回想起社畜奔三女的記憶真是太幸運了呢！

現在正在款待皇后陛下，也就是接待。即使上輩子我沒有當過業務，但身為社會人士怎麼能連接待這種事都做不好呢？我可要專心一點啊！

「陛下，關於您方才提及比較纖細敏感的人說的那件事……我聽說絲綢這種東西本來便是從『諸神山峰』的另一邊傳來的。若真是蠻族，應該沒辦法穿上這樣的衣物吧。纖細敏感的人士還真是多勞呢。」

「哎呀，呵呵呵！」

葉卡堤琳娜的這番話，不知為何讓皇后笑了出來。

「我曾在那個當下，說出了和妳這番類似的話呢。」

哦哦～～！

真不愧是女性花園中的巨星（並不是）！一點也不會輸給老太婆的霸凌！

好帥氣。好像……該怎麼說，已經是大姊頭的感覺了。

「看來我們很合拍呢，真是令人開心。今天就盡情地聊各種事情吧。」

「好的！這也讓我備感雀躍。」

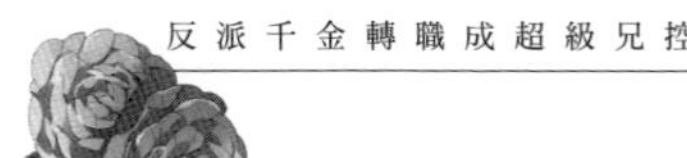

結束在庭園觀賞的行程後，一行人便先進入宅邸，並在可以眺望整片薔薇園的陽台上共進午宴。說是陽台，面積卻跟上輩子社畜住的單房公寓整片占地差不多寬敞。

在這片寬敞陽台的角落附近，負責警備的尤爾諾瓦騎士團跟皇室騎士團的騎士手持長槍，交互並排在一起，宛如一尊又一尊雕刻華美的雕像般佇立著。餐桌附近有服務生來來往往，有時還會直接搬來簡易的料理台，讓廚師現場用入酒焰燒的手法之類驚豔賓客；更有小桌子擺設在稍微遠離一些的地方讓人負責試毒，因此這片寬敞並不會顯得過於遼闊。

帶來薔薇香氣的微風涼爽宜人，可說是最適合在戶外用餐的天氣，這也讓餐桌上的氣氛和睦融融。

「賽恩領地同樣棲息著像那樣強力的龍呢。」

皇帝向阿列克謝問到在領地統治方面有沒有遇到什麼問題時，阿列克謝提及因為有巨龍現身導致建材的採伐作業陷入停滯，並談到那隻龍還是傳說最為古老存在的北之王玄龍，皇后開口便這麼起頭：

「賽恩的龍是海之龍。因為有著一身散發淡淡光輝的翠綠軀體，也被稱作翠龍。平常都是棲息在深海之中，不會與人有所往來，但要是人們汙染了海洋就會現身，盛怒之下還會毀滅一個城鎮。但據說翠龍化為人形之後是位絕世美女呢。因此，從亞斯特拉帝國延續至今的港都，有著在夏日祭禮時，將戒指獻給翠龍的風俗。被選上的年輕人要將金戒指投入海中，向翠龍求婚喔。」

『美麗之人啊，這枚戒指作為愛之證奉獻給妳，並立誓永遠都屬於妳。而妳也終將永遠屬於我。』

「要是那個年輕人被翠龍相中，似乎就會化作美女之姿現身在他眼前。」

「哇啊，好浪漫的風俗呀！」

葉卡堤琳娜不禁揚聲讚嘆。

感覺跟上輩子的威尼斯舉行的「與大海的婚禮」很像呢。那邊的儀式是由威尼斯城邦的元首說著「大海啊，我要與妳結婚。我要妳永遠屬於我」，並將戒指投入海中。

這樣的風俗延續了幾百年至今，現在威尼斯的海拔年年下降，還被說終將會沉沒海中，感覺就像個被痴情女人逮住的嘴砲男會有的結局，也是滿有趣的。

「不是要進行討伐，而是獻上人們的愛，真是一樁和平的美談呢。如果對玄龍獻上類似的東西，不知道是不是便能和解了。」

這該不會是解放玄龍，也就是在少女戀愛遊戲當中的隱藏角色，攻略魔龍王弗拉德沃倫這條隱藏路線的線索吧。

雖然上輩子只在搜尋畫面中看過，但魔龍王同樣是個黑髮紅眼的絕世美男，而且也讓

我一度有點想攻略看看。但兄長大人才是正中紅心的類型，因此我終究沒有攻略就是了。即使不是攻略對象，而且只是個在反派千金身邊說上幾句台詞而已的角色，依舊讓我喜歡到足以支撐自己活下去。

話說回來，破壞森林會惹怒玄龍，汙染海洋會惹怒翠龍啊。本著上輩子的知識看來，這些強力的龍是在保護尤爾古蘭皇國的永續性，感覺像是守護神一般。真是太感激了。

「要是葉卡堤琳娜獻上戒指求愛，我想就連太陽都會下凡吧。」

皇帝輕聲笑著這麼說。

「能聽陛下這樣說，是我的光榮。」

皇帝陛下的華麗詞藻技能太強了，跟兄長大人有得比。但跟兄長大人不一樣，明顯能讓人感受得出來是客套話這點反而瀟灑。應該是透過外交之類的場合鍛鍊起來的吧。

皇子會不會總有一天也變成這樣啊……總、總覺得他維持現在這樣好像比較好。

「無論玄龍還是太陽，我都不打算將妹妹拱手讓出。若是對方從天下凡，我將會與之提出決鬥吧。」

阿列克謝賭氣地這麼說。

感覺真是抱歉耶，兄長大人在兩位陛下面前展現了這麼妹控的一面，真是抱歉。

「兄長大人要展開決鬥的話，儘管我能力有限，依舊會出手相助的喔。」

葉卡堤琳娜異說，皇室一家便齊聲笑了起來。

「真勇猛啊，葉卡堤琳娜。難道妳也懂得使劍嗎？」

「這個呀，完全不會呢。」

「刺劍的話我可會用喔。要不要稍微教妳過個幾招呢？」

「太棒了！務必勞煩您指導。」

巨星般的皇后陛下竟然會用刺劍，這是什麼嶄新的萌之大門！超想看！

「葉卡堤琳娜。」

聽到那語帶告誡地輕喚的聲音，葉卡堤琳娜這才回過神來。對耶，真是對不起。

「皇后陛下，非常感謝您這一番美意，但舍妹身體虛弱，我盡量不讓她做些激烈的運動。像在入學典禮之後，以及前幾天魔獸出現之後等，她曾有好幾次突然就昏倒的經驗。」

呀啊——！連魔獸出現之後的事情都被他知道了！為什麼！

沒錯，撐過會導向皇國滅亡路線的魔獸事件，兄長大人跟皇子一起去向皇都警備隊提供情報的那天。兄長大人送我回到宿舍，並正要跟在宿舍入口等我的米娜一起回到特別房的時候……我人就突然沒電了。雖然不是像之前那樣啟動了閉鎖機制，但就在正想要踏上樓梯的時候，疲憊感一股腦地湧現出來讓我動彈不得，於是又被公主抱了。

是不是米娜向他報告的啊？畢竟兄長大人是她的雇主嘛……

不過這算是兄長大人聽取了我的希望，做出不參加下一任皇后之爭的宣言吧！謝謝兄長大人！

「在那之後也昏倒了？原來是這樣，抱歉，我都沒有注意到。」

米海爾感到驚訝地這麼說。

「她是個性格剛強的孩子，我都要她休息了，還是這麼亂來。」

「因為……我當時就是想待在兄長大人身邊呀。」

葉卡堤琳娜抬起眼這麼說，隔了一拍之後，阿列克謝便輕咳了兩聲。

「不過，這也是我允許的，是沒什麼問題。」

……兩位陛下用關愛的眼神看向兄長大人。秀了一場妹控小劇場真是不好意思。

「不知道瑪格那那邊是不是同樣有龍呢？」

米海爾一說，葉卡堤琳娜也因為換了話題而鬆了一口氣。

「唔嗯。弗拉迪米爾應該知道吧，你可以向他問看看。」

「說的也是呢。雖然在學園裡不常跟他碰面，下次有機會我再問問看。」

回答了皇帝之後，米海爾看著葉卡堤琳娜，淺淺一笑。

「弗拉迪米爾可是比一些不怎麼樣的學者有著更豐富的知識喔。他的記憶力超群，讀過的文獻都能完整地記在腦中。身體也不太好，應該沒辦法走遍並看過整個領地，但他網羅了記載在書籍上所有關於瑪格那領地的事情，就連用亞斯特拉帝國語撰寫的古文書，他都能像在閱讀皇國語一樣順暢。」

咦……弗拉迪米爾是之前在皇子面前找我麻煩的尤爾瑪格那嫡子對吧。雖然是個超級美男，但態度超差。那個人竟然這麼厲害？

不過這麼說來，兄長大人也有說過他是個優秀的人才。

而且再仔細想想，他之前就給我一種像是視覺系樂團的人那樣，纖瘦又不太健康的感覺。兄長大人跟皇子雖然同樣是纖瘦型的身材，卻都確實練有肌肉，給人強而有力的感覺。明明是大家公認崇尚習武風氣的尤爾瑪格那嫡子，但完全看不出來弗拉迪米爾有在進行足以穿著鎧甲在戰場上奔馳的鍛鍊。

「雖然之前擺出那樣的態度，但他原本是個內向又溫柔的人。阿列克謝也知道吧。」

「……我連他是從什麼時候開始像是變了一個人都不記得就是了。」

阿列克謝冷淡地這麼說。

「七年前了。我記得很清楚。當你的祖父大人過世，讓你變得鮮少來到皇城那時，弗拉迪米爾也患了一場重病，很長一段時間沒有來。在那之後，他給人的感覺也都變了。」

忽然間，米海爾露出微笑。

「還有一件事我也記得很清楚。應該是在我六歲的時候吧，我第一次見到七歲的弗拉迪米爾時，牽著哭個不停的他來找我的人，正是當年八歲的你呢。」

哇——！這是什麼溫馨又可愛的小插曲！

「那是他第一次去皇城，我看他因為迷路而在哭才會那麼做。」

阿列克謝還是冷淡地這麼回應。

兄長大人，如果那個對象是女生，旗標完全就會立起來了。完全就是初戀。儘管對象是男生有點可惜，同時我卻也感到放心……但難不成是BL旗標……？雖然不太清楚，然而如果那對兄長大人來說是一種幸福，我便只能接受了！

不，我在說什麼啊！這樣未免想太多，我也太失控了！

「逕自將第一次來皇城的兒子丟著就跑去別的地方，格奧爾基真是個令人傷腦筋的傢伙。瑪格那的宗主從以前就有面對越是親近的人，越是不重視的壞習慣。」

皇帝嘆了一口氣。弗拉迪米爾的父親，尤爾瑪格那的宗主格奧爾基與皇帝年紀相仿，小時候應該也跟兒子們一樣是玩在一起的對象，然而現在他們的關係並沒有多親近。

「阿列克謝跟弗拉迪米爾皆是要肩負起下一代皇國的優秀人才。你們應該都有自己的苦衷，但我希望你們可以相互協力，為皇國效命。」

「遵命。」

面對皇帝的一番話，阿列克謝順從地低下了頭。

公爵家耗費許多時間，以及龐大的勞力與費用，就為了迎接皇室一家蒞臨的這場行幸，由於皇帝極為繁忙，無法分出太多時間在這場活動上。午餐過後，一行人便要返回皇城了。

在尤爾諾瓦騎士團與皇室騎士團堅守的公爵宅邸正門外，人們不知道是不是察覺了要回宮的氣氛，群起嘈雜的聲浪也越來越大。

當皇室一家與公爵家兄妹一起現身在皇帝馬車所停放的正門玄關迴轉車道前，大門外掀起了一陣歡聲雷動

「受你們招待了，阿列克謝。這場宴席一如你的做事風格般無微不至。」

「這是我的榮幸。想必家中的人們也會感到無比欣喜。」

在這番君臣交談的一旁，皇后雙手牽起了葉卡堤琳娜的手。

「這一趟讓我很開心喔，葉卡堤琳娜。歡迎妳下次來皇城玩。」

「很高興受到您的邀請，請容我改天前去叨擾。」

葉卡堤琳娜回握皇后的手，兩人看起來就跟同學一樣親近。這讓站在皇后身邊的米海爾不禁面露苦笑。

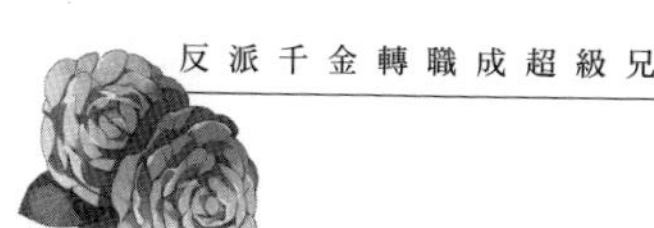

「阿列克謝、葉卡堤琳娜，今天謝謝你們的招待，我們學園見。」

米海爾最後這麼說完，皇室一家乘上了馬車。

在皇室騎士團的演奏者高聲吹響號角為信號，讓魔獸馬牽引的馬車便緩緩動了起來，駛離了尤爾諾瓦公爵家。

「……今年的諾瓦，那藍薔薇還滿美麗的呢。妳也是這麼想的吧。」

「哎呀，陛下會留心於千金還真是難得。」

跟去程一樣在沿路上一邊與民眾揮手，皇帝康斯坦汀心情很好地這麼說。

同樣帶著從不垮下的微笑一邊揮著手的皇后瑪葛達蕾娜如此揶揄道。

「這也是因為妳實在太喜歡她啊。我看妳們聊得很起勁。」

「對呀，這倒是。」

「呵」地輕笑的皇后，這時咯咯笑了起來。

「說到那孩子……！我還是第一次碰見聽到關稅、船運貨物的保險等話題而雙眼放亮的千金呢，而且只是簡單說明幾句，她就能理解到更深更廣的層面，真不愧是阿列克謝的妹妹。」

開心地這麼說著的皇后，過去應該也是這樣一個與眾不同的少女吧。

「才想說她總算關注到禮服的模樣設計，然而比起適不適合自己，她更在意的是出產國以及產出這種商品的文化背景，同時相當佩服他們的技術及感受性。想取悅那個國家的大使時，就該帶葉卡堤琳娜去出席餐會呢。講起其他文化的事情，她不但毫無偏見又很感興趣，而且年紀輕輕便具備那種程度的洞察能力。大使應該也會相當感激吧。」

要是葉卡堤琳娜聽見這番評價，應該會深深低頭表示「對不起內在其實一點也不年輕真的很抱歉」吧。

「唔嗯。她才踏出深閨還不到一年的時間，真是驚人的成長啊。」

原本以葉卡堤琳娜的身分來說，即使從小出入皇城也不奇怪。她的母親安娜史塔西亞同樣應該身處皇都社交界那樣華美的立場才對。然而這十幾年卻都沒見過她的身影，就這麼辭世了。更何況她的丈夫亞歷山大自從繼承爵位之後，幾乎都在皇都生活。表面上是說要在領地靜養，但沒有人會相信這樣的理由。

不難想像安娜史塔西亞跟葉卡堤琳娜均過著與她們身分不相符的悲慘生活。在社交界甚至傳有兩人似乎是被關在石牢之中之類的可怕謠言。

然而今天第一次見到面的葉卡堤琳娜是個開朗又聰明的少女，而且充滿要協助兄長支

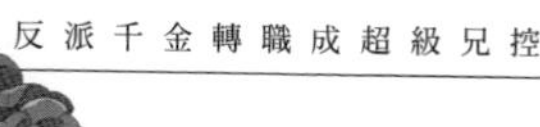

撐起公爵家的氣概。那份強韌的精神十分值得讚賞。總是表現得過於毫無破綻的阿列克謝在對妹妹時露出的那種寵愛神情，同樣教人莞爾。

「阿列克謝跟葉卡堤琳娜啊，往後要造訪諾瓦可是令人期待了。」

「哎呀，我直到去年在某種層面上來說，也都玩得很開心喔。」

「呵呵呵」地，皇后笑了起來。

一如葉卡堤琳娜的想像，亞歷山德菈並不是一個會老實向姪子的妻子低頭的人物。

說到頭來，瑪葛達蕾娜跟亞歷山德菈兩人的思考模式本來就是水火不容。瑪葛達蕾娜自在的談話語氣、放開懷的笑聲、拓展至其他國家的廣泛交友關係，以及不輸給男人的刺劍能力、經濟層面的對策，甚至是跟丈夫相去不遠的身高，全都被亞歷山德菈逐一否定過。

『妳既沒有威嚴，又不端莊，是最配不上皇室的人。竟然非得教育一個如此沒品格的人成為皇室的一員，想必連彼得大帝也會為我的厄運感到哀戚吧。』

面對在扇子底下如此悲嘆的亞歷山德菈，當時仍是皇太子妃的瑪葛達蕾娜是這麼回答的：

『哎呀，竟說到教育，您什麼時候擔任起家庭教師了？看來您已明白以勞動換取食糧是件多麼重要的事情了呢。』

雖然對方已經下嫁，但竟敢用這種口氣對皇帝陛下的姊姊說話，當時亞歷山德菈的跟班當場尖聲叫囂了起來，不過瑪葛達蕾娜本人倒是覺得自己這樣的回應滿不錯的。

後來，痛失謝爾蓋公而消沉的先帝陛下決定讓位，瑪葛達蕾娜也成為皇后。即使明確成了地位在上的身分，亞歷山德菈依然是個令人不悅的對象，然而看著一個個否定瑪葛達蕾娜的提案的她，因為漸漸失去影響力而感到煩躁的模樣子，其實還滿愉快的。

「但……是啊，葉卡堤琳娜很令人期待。雖然伊莉莎白也是個可愛的孩子……」

伊莉莎白是尤爾瑪格那的千金，現年十歲。想受到米海爾喜愛而努力的模樣相當積極，長相也很可愛，讓人覺得是個不錯的貴族千金，不過就是年紀太小了。

而且她的父親格奧爾基曾在三大公爵聚集在皇帝親臨的國策會議，也就是三公會議上曾針對葉卡堤琳娜嘲弄地說「諾瓦的千金體弱多病，既沒有接受過教育，也從未受過其他家的邀請」。

再怎麼想排除敵手，這麼明顯貶低一個境遇悲慘的少女的發言，反而會拉低發言者的品格，而且他還沒有察覺。未來米海爾的妻子一家人，正是下一任皇帝的外戚。本來只是想推舉女兒，自己卻成為扣分的要素，實在也是拿他沒辦法。

皇帝「唔嗯」地低吟了一下。

「不過阿列克謝想要妹妹怎麼做呢？」

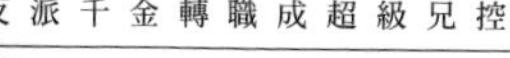

阿列克謝不可能不知道在皇帝皇后面前明確說出「妹妹身體虛弱」這番發言的意思。別說是皇后，皇太子妃身上的工作量同樣相當繁重。更重要的是，現實層面來說，最重要的職責就是產下繼承人。因此，健康可說是最重要的條件。

阿列克謝那句話等同於明言尤爾諾瓦不希望葉卡堤琳娜成為皇后。

「畢竟諾瓦現在只有他們相依為命嘛。他們的叔公艾札克應該也沒有子嗣。他是想讓葉卡堤琳娜納入分家，以維持整個家族的平衡嗎？或許有可能只是捨不得放手而已。不過，葉卡堤琳娜自己又是怎麼想的呢？」

這時，皇帝皇后夫妻兩便朝著自己的兒子瞥了一眼。

「……葉卡堤琳娜對我沒興趣喔。」

米海爾的臉上依然掛著微笑不斷朝窗外揮手，但這個語氣聽起來並不如他想要刻意表達出的那樣平淡。

「何況我第一次跟她說話的時候，她像是看到蟲子一樣，嚇了一大跳。我甚至覺得她是不是都要往後退個幾步了。」

沒想到葉卡堤琳娜差點就要往後退的動作完全被人看穿了。

「搞不好人家正是刻意這樣盤算的呀？」

「我之前也遇過想用裝作不在乎以吸引我注意的人。女生真的很可怕耶。但葉卡堤琳娜感覺不像那樣。在跟魔獸戰鬥之後，她也都黏著阿列克謝，根本忘了我同樣在場。」

而且連忘記對方存在這件事也被看透了。

「面對魔獸突然出現這種事，她仍能冷靜地按部就班對戰。我才正覺得她真不愧是諾瓦家的孩子……沒想到在結束之後，她馬上嚎啕大哭並抱緊阿列克謝，突然又變成一個普通女生了。我一稱讚她勇敢，她也一副快哭出來的模樣。雖然那樣……是有點可愛啦。」

兒子的一番話越說越像在自言自語，裝作沒聽見的父母其實全都認真聽了進去。

「說真的，我還是第一次遇到這麼沒有把我放在眼裡的女生。所以說，不可能會發生葉卡堤琳娜寧願反抗阿列克謝，也想成為我的結婚對象這種事情。不如說，會不會正是因為她不願意，所以阿列克謝才會那樣講呢……雖然讓人覺得不用那麼嫌棄我也沒關係吧。把我當成蟲子對待真是出乎我的意料。」

「……唔嗯。」

發出沉吟的是皇帝康斯坦汀。

「哎，沒關係。反正直到你畢業之前，還有好一段時間。」

皇國的皇位繼承人都是在從學園畢業之後，舉辦立太子儀式，並正式繼承。屆時將要成為其伴侶的女性也必須出席立太子儀式，多數情況下都會在那之後結婚，成為皇太子妃。

「情勢要轉變的時候就會轉變了，年輕人的心也是嘛。」

『我要自己創立商會做生意。帶著自己的船去環繞世界是我的夢想。你別管我這種大剌剌的女人了，請去娶個其他可愛的女生吧。』

皇帝跟皇后都知道。

米海爾與父親相似的地方不只是外表而已，他也繼承了對方要是逃得越遠就會想追得越緊的個性，以及只要對方開始逃，直到得手之前都不會放棄的強韌執著。

（妳可別煽動他喔。）

（我知道，只會造成反效果吧。）

米海爾並沒有發現父母親透過眼神交流，達成了這樣的共識。

「兩位陛下看起來心情非常好。都是多虧有妳，葉卡堤琳娜。」

「我什麼也沒做呀。是因為有兄長大人的安排，也歸功於大家勤於準備的成果。」

皇帝的馬車駛離公爵宅邸的正門之後，在阿列克謝的伴隨下，兄妹倆回去宅邸，同時這麼聊著。

順帶一提，在正門前等候皇室一家回宮的民眾，同樣對公爵家一對美貌的兄妹發出讚嘆，但兩人完全沒有發現對自己送上的歡聲。兄妹倆都很難察覺他人對自己的讚賞，在這樣奇特的地方非常相像。

「閣下、大小姐，茶水已經準備好了。請兩位稍作休息。」

「嗯。格拉漢姆，你也辛苦了。」

「所有事情均進行得很順利，工作表現真是相當優秀呢。」

一邊慰勞管家格拉漢姆，兩人從正門玄關進到一旁的小間談話室。侍從伊凡跟女僕米娜已經在裡頭待命，並替各自的主人倒上一杯紅茶。

「一如兄長大人所言，兩位陛下待人都很和善。結束後回想起來，真是一段開心的時光。」

「我看妳跟皇后陛下聊得很來嘛。」

「陛下說了很多讓我深感興趣的話題，真是位非常厲害的人物呢。而且或許是因為她跟母親大人年紀相仿，也讓我感到很仰慕。」

「……這樣啊。」

阿列克謝露出了柔和的微笑。

「皇帝陛下似乎也與兄長大人相談甚歡呢。」

「是啊，從小陛下就對我很好。還是皇太子時，陛下常來到米海爾殿下身邊，也曾教導我們學習及劍術等。」

看來……陛下是位好父親呢，皇子也才會成長為一個好孩子。

然而我們家老爸是個不工作的花花公子，瑪格那那邊則是會把第一次去皇城的孩子丟著甚至弄哭他，感覺很有可能是個廢物老爸……

不知道小時候的兄長大人，有沒有曾經想過要是陛下——不，當時仍是皇太子殿下便是了——是自己的父親就好了呢？弗拉迪米爾也是。

「米海爾殿下說到弗拉迪米爾小時候的事情，真令我感到意外。之前我聽說他不是一個值得敬佩的對象……」

「……」

阿列克謝垂下了眼，看起來似乎有些猶疑。

「那個，兄長大人，如果你不想說也沒關係喔。」

「不……倒不是不想說。剛認識他的時候，弗拉迪米爾確實是個體貼的孩子。雖然有點怕生，但也跟我越來越親近，甚至讓我想過有個弟弟大概就是這種感覺吧，而且思路清

晰，記憶力超群。才不過七歲左右的年紀，他連亞斯特拉的古典詩文都能默背了……但在祖父大人辭世之後，我們有一陣子沒碰面，再次見到他的時候，即使我打招呼，他也坐視不理，逕自離去。在那之後又過了一段時間……」

話說到這裡，阿列克謝停頓了一下，露出一臉難受的表情。

「不知為何，弗拉迪米爾時不時會跟父親大人一起行動。」

啊？

「請問，父親大人是指……我們的父親大人，亞歷山大．尤爾諾瓦嗎？」

「對。」

說的也是呢，沒有其他會讓兄長大人對我說是父親大人的人物了嘛。但是……

搞啥啊！

讓我用始祖正統派的口氣再吐槽一次喔，搞啥啊老爸！我可是知道你把身為親生兒子的兄長大人丟著不管喔！

這樣的父親竟然帶著別人家的孩子到處跑，即使兄長大人再成熟，心情上會有疙瘩也是當然的吧！

不，等等……話說那個老爸……是個出了名的花花公子吧？這種人的行動範圍應該是那種有專業級女性的店或是賭場之類的……？那是可以帶孩子去的地方嗎？

「雖然這同樣是聽別人說的，但似乎有帶他去一些不適合孩子的場所，因此弗拉迪米爾自己也傳出了不好的傳聞。不過，這不是淑女該聽的事情，我實在無從說明起是什麼樣的場所就是了。」

「沒關係，兄長大人若是這樣判斷，我不會深究下去。」

不好意思，我已經大致上想像到了，真是抱歉。

但老爸到底是想怎樣？竟然找別人家的孩子一起，到那種會被懂事的兒子斥責，不正經的遊樂場所，很有趣嗎……？而且，這時候那孩子才幾歲啊……如果是事實，這也算是一種虐待了喔。

「說穿了，祖母大人跟瑪格那的上一代關係很親近。因為祖母大人的母親——之前的皇太后陛下正是出身尤爾瑪格那。尤爾瑪格那的上上代宗主似乎十分照顧自己的孫子，也就是先帝陛下以及祖母大人。」

我想想，他說親近的瑪格那上一代宗主，是臭老太婆的伯父吧。而臭老太婆的祖父——也就是尤爾瑪格那上上代宗主——把她捧上了天，相當溺愛。這正是造成她那種個性的原因嗎……

不，同樣受到吹捧的先帝陛下據說是個溫和的人，到頭來還是端看個人資質吧，嗯。

「所以父親大人同樣跟瑪格那這代的宗主格奧爾基從小就很親近了。在父親大人跟祖

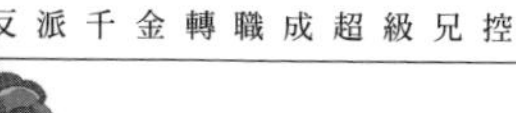

母大人辭世之前的那幾年，格奧爾基頻繁地拜訪祖母大人。當祖父大人辭世之後，許多事情都跟著改變……而那也是其中之一。」

啊啊啊……

失去了在家族之中唯一會對自己傾注愛情，而且值得尊敬的祖父大人，兄長大人想必相當悲傷又寂寞吧。

突然間，臭老太婆就開始隨心所欲，別人家的大叔時不時跑來家裡，曾以為是朋友的孩子又不理會自己，一點也不把心思放在自己身上的父親還帶著他四處跑……

他應該覺得非常孤立無援吧。感覺自己的家，似乎都變得不像是自己的家了。

這真的沒辦法。我無法饒恕這種事情。

不好意思，我擅自妄想了什麼ＢＬ旗標那種蠢事，真的很抱歉。這件事深沉的程度超乎了我的想像。

葉卡堤琳娜不禁以雙手握住兄長的手。

「兄長大人……你一定覺得很寂寞吧。在那種情況當中，仍是個孩子的兄長大人為了守護尤爾諾瓦而一路奮鬥至今，是件多麼了不起的事情。雖然我還是個不成熟的半吊子，但我向你保證，今後會盡全力協助兄長大人。」

阿列克謝睜大了雙眼，輕輕回握了妹妹的手。

「我很幸福啊，葉卡堤琳娜，因為妳是上天賜給我的恩惠，既美麗又體貼，我的貴婦人。」

……不不不，才沒有那麼了不起。不好意思，像我這種從上輩子追過來的傢伙，真是不好意思～

「葉卡堤琳娜。」

「怎麼了，兄長大人？」

「母親大人……是位什麼樣的人物呢？」

葉卡堤琳娜不禁屏息。

這是兄長第一次問起關於母親的事情。雖然曾聽他為了母親的死而道歉，但在那之後，宛如迴避一般，他再也沒有提及母親的話題。

伊凡跟米娜一瞬間交換了眼神。接著他們行了一禮，靜靜地退下了。

……當我聽兄長大人稱呼母親大人或是父親大人時，總覺得有些不自然，感覺兄長大人應該會用其他方式稱呼才對。這大概是在配合我吧。因為我是喊「母親大人」，兄長大人才會一樣如此稱呼。

除了當母親大人瀕死之際，意識模糊的母親大人把兄長大人誤認為丈夫，他於是佯裝

父親，溫柔地喊她一聲安娜史塔西亞的那次外，他從未直接呼喚過母親大人。

兄長大人不知道該怎麼稱呼母親。

拋開內心似乎即將湧上的情感，葉卡堤琳娜開口說：

「這個嘛，母親大人她——」

葉卡堤琳娜喚醒了自己年幼時的記憶。

「她是位漂亮又賢淑的女性。皇后陛下也說，母親大人是個宛如貴族千金典範的人呢。現在回想起來真的是這樣，她的個性沉靜又溫柔……對了，她喜歡刺繡，平常都會在日光室做些針線活兒；也喜歡畫畫，還很會彈鋼琴呢。我小時候經常配合著母親大人的琴聲，一邊唱起她教會我的歌曲。」

沒錯，小時候曾有過這樣的回憶。

然而鋼琴在不知不覺間不見了。

至於刺繡……不只針線，就連母親大人愛用的那個優美裁縫箱同樣不見了。顏料跟畫筆也是……

娛樂全數被剝奪，日子越來越難過，即使如此，母親大人依舊相當溫柔地撫養女兒……然而陰鬱的心情一天比一天加重，最後身體狀況一落千丈，臥病不起。

「有時……她也會談起兄長大人喔。她對我說『妳有位兄長喔，現在想必已經成長為一位優秀的紳士了吧』……母親大人這麼說的聲音，聽起來既溫柔又優雅。」

這並非謊言，母親大人確實這麼說了好幾次。

只是，母親大人對著年幼的女兒反覆說著的內容是……

『妳的父親大人啊，可是位非常出色的人物喔，長相俊美又瀟灑，身材高挑，而且無論念書還是運動都十分優秀呢。更重要的是，他相當體貼，總會對我說上許多令人醉心的話。當年在魔法學園裡，幾乎每位女性都對他懷抱憧憬。知道他是未來結婚的對象時，我作夢也不敢相信。雖然現在無法跟他見面，但只要當個好孩子乖乖等待，他一定會來接我們回去的。

對了對了，妳有位兄長喔，現在想必已經成長為跟妳的父親大人一樣優秀的紳士了吧。』

對於剛出生就被拆散的兒子，她應該不太能想像會如何成長吧。比起兒子，對原本就很憧憬的丈夫的戀慕之心反倒比較強烈。

現在想想，祖父大人是不是曾建議過兒媳不要住在公爵領地，而是到皇都生活呢？如此一來，由於得顧及其他人的目光，應該不至於發生太過蠻橫無理的事情才對。

然而母親大人應該拒絕了吧。身為妻子，她依舊希望能伴著丈夫，因此決定等待丈夫回到自己身邊的那一天。母親大人既是個戀慕著憧憬之人的少女，也是個順從地相信丈夫

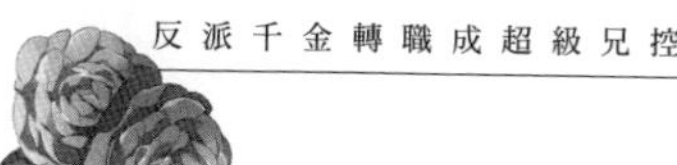

並跟隨對方，猶如典範般的貴族女性。

……然而那個臭老爸卻沒有回到母親大人的身邊。

母親大人自從病倒之後，便再也沒有說起丈夫的事了。相對地，她開始希望女兒可以當上皇后。直到最後，她將第一次見到面的兄長大人誤認為丈夫，從此與世長辭。

簡直就是《雨月物語》中的〈夜宿荒宅〉。在戰亂之中，妻子一直苦等著丈夫歸來。當失去一切的丈夫終於回來，與妻子共度一夜的隔天早晨，醒來一看才發現住家早已腐朽，原本迎接了自己的妻子也被埋葬在墳墓之中……這樣的故事。

如果母親大人不是位猶如貴族女性的典範，如果她像皇后陛下那樣是位強勢女性，是不是便能挺身對抗婆婆，得以跟家人一起生活了呢？

然而，「如果母親大人再堅強一點……」這樣的話說來簡單，但我明白實際上的狀況有多嚴峻。

這裡跟二十一世紀的日本不一樣。貴族女性就連結婚對象都不能自己決定，更沒有靠自己工作維持生活的選項。這個世界便是如此，皇后陛下想必也遭受了多許多批判。即使如此，她仍是相當罕見，能貫徹自我的女性。

心裡雖然明白這種道理……但是……

我還是會想，要是能有更多可以說給兄長大人聽的事情就好了。

要是可以說出「母親大人一直都掛念著兄長大人喔」就好了。

要是能在這種時候，對他說「儘管簡樸，但生活仍過得很平穩，多少也有過一點樂趣，所以不必為了母親大人不幸辭世而感到自責」就好了。

即使是謊言，我也不禁想這麼告訴他，但聰明的兄長大人一定會看穿吧。然後便會勉強自己，對我裝出因為這番謊言而感到開心的樣子。

不能讓他做出這種事，因此我不能對兄長大人說謊。不知為何，我產生了這種想法。

「葉卡堤琳娜……對不起，我向妳問了這麼難受的事情。已經夠了，所以妳別哭了。是我不好。」

我沒有在哭啊。

明明心裡這樣想，在被他抱緊了之後，我這才終於發現自已正在流淚。

這樣啊，是十五歲的葉卡堤琳娜在哭。人格久違地稍微分裂了一點點。

「……才不會難受。我很幸福喔。有兄長大人陪在身邊，我真的……非常幸福。」

「謝謝妳。因為有妳，我也很幸福。溫柔又體貼的……我的女神。我的黑夜女王。妳要是哭了，繁星亦會感到悲傷而跟著墜落吧。所以，請妳別哭了。」

葉卡堤琳娜伸手環住這麼低語的兄長身體，並緊緊抱著。兄長聽了母親的事之後，一定會感到悲傷。無論再怎麼成熟，這個人都還只是個孩子而已。他只是個為了守護祖父大

人遺留下來的事物，從年僅十歲左右就開始獨自奮戰，過於堅強的孩子而已。

十七歲與十五歲。

背負著一片寬廣的公爵領地、莫大的財富，以及有著四百年歷史的名門，兩個相依為命的孩子。

上輩子二十八歲便死去的女人，悄悄哀憐著這對相互撫慰的兄妹。

～插曲～ 尤爾瑪格那的水仙

位於皇都的尤爾瑪格那公爵宅邸。

三大公爵家之中……不，應該是在所有能在皇都建造宅邸的有力貴族之中，就數尤爾瑪格那的宅邸規模最為遼闊，他們也引以為傲。整片占地當中有著大規模的騎士宿舍及演練場，而且還有著以亞斯特拉帝國的貴重書籍來說，保有的藏書量最多的圖書館。

在建國後的皇國初期，尤爾瑪格那相當豐饒。領地東方是廣大的平原以及湖沼地帶，那片平原從當年開始就拓展出一大片農地。

建國之父彼得大帝給予么弟，也就是尤爾瑪格那的始祖保羅一片易於統治的領地，這是對於他時常運用卓越的軍事才能解救兄長危機的獎賞，同時也顧及弟弟不擅於內政這點吧。

保羅十分感激，並再次許下對大帝的忠誠之心。他認為這份感謝的心意必須流傳給子孫後代，便留下了家訓。

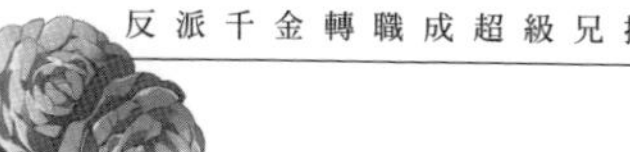

只要尤爾瑪格那家存在的一天，便要在軍事及軍略層面協助皇室。

另外，不能只偏頗武藝，也得學習古代的睿智以磨練人的品格。

基於這項家訓，尤爾瑪格那從建國當時就維持著大騎士團，以及始祖創設的亞斯特拉帝國研究機構至今。

這方面必須花費的資金，便從坐擁廣大農地的領地中產出。

在那之後，約莫過了四百年的歲月。

弗拉迪米爾進到宗主辦公室時，父親格奧爾基正對著管家咆哮些什麼。

「請問有事找我嗎，父親大人？」

「喔喔，弗拉迪米爾啊！」

轉身面向兒子之後，格奧爾基像在狂吼般揚聲招呼，看來比纖瘦的兒子壯上一倍的魁武身軀正忿忿地顫抖著。

「那個臭小鬼阿列克謝又解僱了一個貴婦人的侍女！他從小就是個目中無人的傢伙，究竟是要如此不敬到什麼地步？貴婦人實在太惹人憐憫了！」

格奧爾基口中的「貴婦人」指的當然是阿列克謝的祖母亞歷山德菈。

「最近無論諾瓦還是賽恩，我實在看不慣他們那種瞧不起皇室的態度。唯獨我瑪格那仍保有最真的忠誠心。我們家必須矯正這樣的風氣……」

「所以說，那個被解僱的侍女又跑來希望我們僱用她嗎？」

弗拉迪米爾以冷漠的口吻打斷了父親的長篇大論。格奧爾基儘管表現出不悅的模樣，依舊點了點頭。

「沒錯。你想點辦法解決。」

「您想怎麼做呢？想僱用她嗎？」

話說至此，格奧爾基驚訝地睜大雙眼。

「怎麼可能啊！說到底，那個侍女現在還活著便是個大問題了。為什麼那傢伙沒有在貴婦人逝世的時候殉身呢？我看也是個不忠誠的傢伙吧。這種人我怎麼可能僱用！」

「我知道了。就這樣傳達給她吧——札哈爾，明白了嗎？」

「是的，在下明白了。」

管家札哈爾行了一禮。

然而，格奧爾基卻嘖了一聲。

「去告訴她既然不敢殉身，好歹要替主人報個仇吧。要是她能給那個殺害貴婦人的臭小鬼捅上一刀，我便能對她的不忠誠睜一隻眼閉一隻眼。」

「父親大人。」

「哼。雖然現在沒有任何人發現真相，但可瞞不過我的雙眼。那麼有精神的貴婦人突然身亡，怎麼想都很不自然吧。不只貴婦人，關於亞歷山大的那場意外也沒聽說詳情為何。那個冷酷無情的阿列克謝可是犯下了弒親大罪。我看得出來。」

「父親大人……你還在說這種事嗎？」

弗拉迪米爾的話聲顯得有些冷淡。

「無論怎麼想，都不會是阿列克謝殺害了亞歷山德菈大人。畢竟阿列克謝可是特地請願，希望能將那位的遺骨埋葬在皇室的靈廟之中。」

照理來說，下嫁的亞歷山德菈的遺骨應該要埋葬在夫家尤爾諾瓦公爵家的靈廟才對。然而阿列克謝以「祖母直到最後最重視的都是身為皇女的驕傲」為由，希望能將她埋葬在皇室的靈廟之中，皇帝康斯坦汀也對此下了批准。

阿列克謝想必不想將祖母安置在永眠於自家靈廟的祖父身邊。

「遺體本身正是最明顯的證據。若有殺害之實，一定會留下某種痕跡。倘若阿列克謝真的犯下了這等大罪，應該會把亞歷山德菈大人埋葬在諾瓦的靈廟吧。他不是個會暴露自己弱點的那種人。」

「……也有可能只是沒留下痕跡而已吧。」

格奧爾基壓低了嗓音，感覺似乎帶了點笑意。

弗拉迪米爾的雙眼看著自己的父親。原本是帶著一點灰色的綠，現在則是鮮豔的綠色。那上頭還寄宿著光輝。

「請問這是什麼意思？」

「唔，啊……不是……」

不禁從兒子身上移開目光的格奧爾基，這才悄悄地拉回視線。

然而這時的弗拉迪米爾已經看向辦公桌了。

「看來工作進行得不太順利呢。」

在尤爾瑪格那歷代宗主使用過，以高級的黑檀巨木製成的大張辦公桌上頭，文件堆積如山。

這讓格奧爾基馬上發起脾氣來。

「少囉嗦！你又懂什麼了，這些全都是錢的事情！那個要花錢，這個也要錢，要是領民不繳稅……反正淨是一些無聊的瑣事，壓得我都快喘不過氣了！我一點也不想看到令人自豪的瑪格那債務之類的事情！這種東西，你給我想想辦法啦！」

「只要簽名就行了——我還要去解決侍女的事，先告辭了。札哈爾。」

「是的，少爺。那麼閣下，在下先告辭了。」

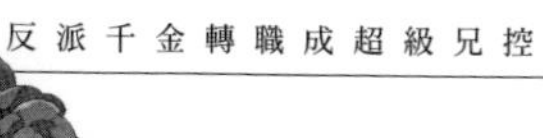

為了追上轉身就走的弗拉迪米爾，管家連忙行了一禮，便也跟著離開辦公室。

接著，似乎是朝著牆壁丟了什麼東西，他們身後便傳來一道沉重的聲響。

走出辦公室的弗拉迪米爾不禁嘆了一口氣。

（父親大人總是那樣。）

儘管如此，父親並非無能之輩。不但受到騎士團高度支持，也曾修習亞斯特拉研究的學問，甚至能壓下囉嗦的分家。有辦法將規模越來越龐大的尤爾瑪格那不由分說地統整起來的人，應該只有父親格奧爾基而已了。

但他個性喜好分明，會憑著一己之見做出決定，獨善其身到可能會帶來危險。

而且還有著容易被現場氣氛影響，隨口答應事情的壞習慣。他恐怕是在亞歷山德菈的葬禮之類的場合上，對那些侍從們拍胸脯保證一旦遇到困難，儘管來仰賴他吧。即使真的受人之託，他卻沒打算處理，但又覺得自己親口拒絕很不體面，才會丟給別人解決。他就是個這樣的人。

「少爺，您是不是覺得身體不舒服呢？」

札哈爾擔憂地看著弗拉迪米爾。他的頭髮跟眉毛都變白了，連身高也退縮了一些，已經是個年過七十的老管家。雖然主要的工作已經交接給後繼處理，唯獨照料弗拉迪米爾這件事，他依舊秉持著忠義，拚著一把老骨頭繼續服侍下去。

「不過是個被解僱的侍女，就交給爺來把她趕走吧。請您回房間稍作休息。看您在難得的休假日還要工作，實在令人心疼呀。」

「只有休假日時才有空處理嘛。我看乾脆在學園弄間辦公室，每天多少處理一點也好……」

一如阿列克謝那樣。

他在進入學園就讀的同時，便為了處理公爵領地統治相關的工作，向學園借了一間辦公室來使用的這件事，在部分人士之間滿有名的。當他的父親亞歷山大仍是公爵時，他就堂而皇之地這麼做了。這樣的行為完全是要讓大家知道，實際上扛起公爵領地工作的人、實際上的公爵就是自己。

即使兒子做出這樣的舉動，依然若無其事地持續過著放蕩生活的亞歷山大，也可以說是滿令人佩服的。

然而自己的父親格奧爾基跟亞歷山大不同，他不會處理自己不想做的工作，當部下為了無法進行下去的工作而傷透腦筋時，便會來拜託弗拉迪米爾，因此讓兒子批下許可的確是事實。但這要是傳到外面去，他應該會怒火衝冠地說公爵是自己，他掌握著尤爾瑪格那的一切。

明明父親討厭處理的資金相關問題只是不斷地增加中。

「我沒有覺得不舒服。不過侍女那件事還是交給你處理吧。我要調查一點事情，想去圖書館。」

「好的，請交給在下吧。不過，現在圖書館依舊很冷。想要參考書籍的話，爺會替您拿過去，請在溫暖的房間裡調查吧。」

「我想調查的資料是禁止出借的書籍，你可不能拿出來啊。」

「那麼，請至少帶件外套過去。爺立刻就去拿來給您。另外，您還是喝個煎湯比較好。您沒吃午餐對吧，我再拿點好入口的東西過去。」

面對這個始終過度保護的老爺爺，弗拉迪米爾不禁露出苦笑。

「我會帶外套過去。」

「煎湯也會替您準備。」

「……知道了。我到迴廊等你。」

站在連接公爵家宅邸與圖書館之間的迴廊上，弗拉迪米爾眺望著眼前的庭園。

代表尤爾瑪格那的花是水仙。冬季過去，即將迎來春天的季節，便是這個庭園的盛開期。許許多多不同種類的水仙開得一片爛漫，充斥著清冽的香氣。不但有個區域是以花描繪出公爵家的家徽，還有一塊描繪了皇國國旗，也有很多只有這裡才能見到的珍貴品種。

但現在有的只是一片青翠的綠葉而已。為了恭迎皇室一家的那一天，這片庭園是只為了讓水仙綻放的場所。在其他季節能欣賞的，頂多只有噴水池而已。

況且這個庭園相當安靜，既無鳥囀，也無蟲鳴；幾乎沒有鳥會佇足水仙的葉子，也幾乎沒有蟲會啃食。

因為水仙是種毒草。

無論花瓣抑或綠葉，所有部位均具有毒性。球根的毒性尤其強烈，吃下去就連人都會死亡。

皇國有個關於水仙的傳說。

水仙精靈是位美麗的女性，但當她移情別戀的戀人提出分手時，她遞出了黃金酒杯，希望能與戀人喝上最後的交杯酒。然而那個酒杯其實是用水仙花中間的黃色副花冠製成的，於是兩人雙雙因為水仙之毒而死。

雖然這種花代表的是專情的愛，但送水仙花給戀人被視為一種忌諱。這是一種專情，卻愛到至死方休的花。

不再看向庭園而瞥開視線的弗拉迪米爾，無意間看向北方。

現在這個季節，尤爾諾瓦的庭園想必美不勝收吧。

第一次遇見阿列克謝，是在皇城的樓梯間。

為了陪皇子殿下遊玩而被帶到皇城時，見到熟人的父親卻要他自己去找殿下，拋下他逕自走掉了。

心裡明知其實只要找個人詢問該怎麼去就好了。然而令他悲傷的是，這讓弗拉迪米爾體認到對於父親來說，他是多麼無所謂的存在。當下他只覺得沒有生得一副符合父親期望的身體是自己的錯，感覺像是被拋棄一樣不安，才會躲在樓梯間哭了起來。

『你怎麼了？』

發現有人對他說話時，他原以為是被人找到而有些畏怯。但那是孩子的聲音。

對方是個有著水藍色頭髮、水藍色眼睛，以及端正臉蛋，年紀稍長的少年。那雙水藍色的眼睛帶著強勁的光輝。直至現在，他還記得自己當初為此嚇了一跳。那是他初次見到這麼令人印象深刻的眼睛。

『我是阿列克謝．尤爾諾瓦。你呢？』

『我……我是弗拉迪米爾．尤爾瑪格那。』

『弗拉迪米爾。既是瑪格那家的孩子，你應該也是為了拜訪米海爾殿下而來到皇城的吧。為什麼會待在這種地方？』

聽見這樣不留給人辯解空間的強硬語氣，他一時不知道該怎麼回應才好。如果說出是父親丟下自己走掉，他知道會有損父親的顏面。

『……我第一次來。』

如此回答之後，只見對方說著「是迷路了啊」，接受了這樣的說法。

『米海爾殿下在那邊。』

這麼說完後，阿列克謝邁開步伐，就要往前走去。仍帶著一張哭臉的弗拉迪米爾因為不想從樓梯間走出來，遲疑了一下。

結果，阿列克謝回過頭，盯著弗拉迪米爾。

『你覺得我很可怕嗎？』

『咦？』

『有時會有人說我很可怕、很難親近，或是說我眼睛的顏色很惹人厭之類的。如果你討厭我，我會去叫其他人過來。』

往後，弗拉迪米爾將會十分熟識說出這句話的某人。

然而這個時候，他盯著阿列克謝雙眼的顏色看了一陣子，不禁脫口說出回想起的話。

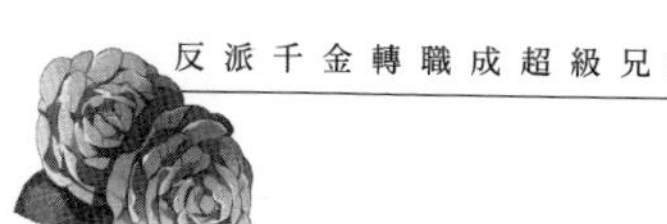

『只倒映出天空之青的山頂之湖，

神殿沉沒其中。

澄澈鏡湖的淡青，

水面上光輝耀眼的太陽猶如銳劍一般。』

即使是阿列克謝，也不禁睜大雙眼。

『那是什麼？』

『這是亞斯特拉帝國時代的詩，紀行詩人托雷斯在「諸神山峰」發現一座古老神殿時所吟詠的詩。因為你的眼睛是淡淡的青色，宛如耀眼的銳劍。我覺得你眼睛的顏色很漂亮，漂亮到要是詩人看見了，就會忍不住吟詩吧。』

這麼說完，阿列克謝看似害臊地莞爾一笑。

『我並不想被拿來吟詩。不過，謝謝你。你能這麼流利地說出那種詩詞，真厲害啊。既然你不討厭我，我就帶你去找米海爾殿下吧。』

接著，他輕輕伸出手，牽住了弗拉迪米爾的手。

弗拉迪米爾不禁睜圓了雙眼，因為這是他的手第一次被人牽去，也是他第一次被某個不認識的人觸碰。

照理說應該要甩開他的手才對，因為家中的教育正是要這麼對待想觸碰自己的人。

然而那時，面對有著耀眼銳劍般的雙眼，並帶著柔和微笑的少年的手，弗拉迪米爾只是怯生生地握了回去。

一邊被拉著走出樓梯間時，他又對這樣的自己感到害怕，眼淚也掉了出來。

『你真是個愛哭鬼。』

雖然戲謔般的這麼說，但阿列克謝的聲音聽起來相當溫柔。

——只倒映出天空之青的山頂之湖。

阿列克謝從年紀尚小時，就難以親近到甚至讓人做出這番聯想，並散發出強烈的孤高氛圍。這也讓其他年紀相仿的孩子們不想靠近。

然而，一旦成為他敞開心胸接納的對象，他便會無止盡地溫柔以待。

成為朋友，並會往來彼此的家的那時，帶著弗拉迪米爾參觀薔薇庭園的阿列克謝總是會牽著他的手，說是避免他迷路。其實第一次見面時也沒有迷路，但弗拉迪米爾並未特別戳破這點，因為阿列克謝會遞出手牽去的對象只有自己。這讓他感到非常開心。

……每次一回想起，胸口就會像被鉛塊壓著一般，沉重又難受。

那時的他還會哭，也還會笑。然而那段日子早已太過遙遠。

七年前，也就是九歲時，自己一邊在生死關頭徘徊，不斷說著即使聲音喊啞了也傳遞不了的道歉。一直哭，哭了再哭，哭到淚都乾了。在那之後，他再也沒有哭過。

面對態度突然改變的自己，阿列克謝究竟會覺得多麼受傷呢？但自己已經沒辦法再像以前一樣，若無其事地跟他交談了。

吐出沉重的嘆息，弗拉迪米爾再次將視線移回庭園。

過去當尤爾瑪格那仍很富饒時，在水仙盛開的季節結束之後，似乎會將所有花都移植換過一次。但現在的瑪格那沒有這樣的從容。

起初那麼富饒的環境，反而造成負面影響了吧。別說是開拓農地或是增加收穫量，歷代宗主本來就對內政滿不在乎，只顧著增強武藝及學問。相較之下，尤爾諾瓦一開始即使有著豐富資源，卻沒有農地，因此歷代都致力於開墾。

相較於建國那時，現在尤爾瑪格那公爵領地的收入並沒有下滑。只是與收入相比，支出實在太過龐大。

始祖保羅的理想相當遠大。若是考慮到建國當時的狀況，會將「在軍事及軍略層面協

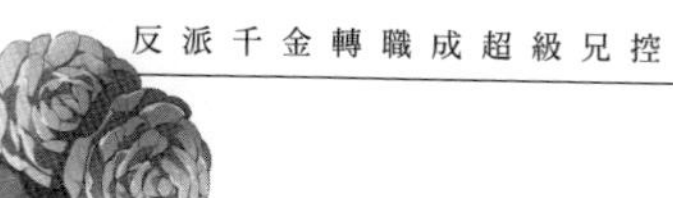

助皇國」列為家訓是理所當然的吧。然而時代改變了，尤爾瑪格那卻無法順應時代做出變化。

無論騎士團抑或亞斯特拉研究機構，眼下早已成為既得利益的化身。重要的職位無論有沒有能力都是以世襲方式繼承，與業者之間的勾結也讓巨額的費用被侵吞殆盡。內部的權力鬥爭不曾止歇，但面對外敵時又會團結一致，激烈地抵抗一再掀起的改革，逃避至今。

父親格奧爾基會受到騎士團支持，也是因為他沒有想過要進行改革或是縮小規模。

儘管騎士團跟研究機構當中，總是會出現一些有心人士。但他們終究無法打破那道厚重的牆，力盡而去。

『尤爾瑪格那是個巨人，是個頭跟拳都太過膨大的扭曲巨人。拖著扭曲的身體才好不容易能夠爬行，卻從未發現自己竟是這副模樣。』

這麼說的人，是阿納托利．馬爾杜。他出身自瑪格那的分家，是個很有能力的亞斯特拉研究員。然而阿納托利無法對於橫行的腐敗視而不見，並選擇跳出來戰鬥。

『若是到了弗拉迪米爾大人這一代，尤爾瑪格那是否能有所變革呢？』

聽他這麼問，弗拉迪米爾只是搖了搖頭。

阿納托利會認為這樣的回答是代表沒有改革的意志嗎？抑或認為這代表著不可能進行

改革而放棄的心思呢？

他還不知道那一天終究不會到來。

五月的陽光灑落庭園。弗拉迪米爾這麼想著。

尤爾瑪格那公爵家什麼時候會毀滅呢？

而他自己，弗拉迪米爾・尤爾瑪格那……又是什麼時候會死去呢？

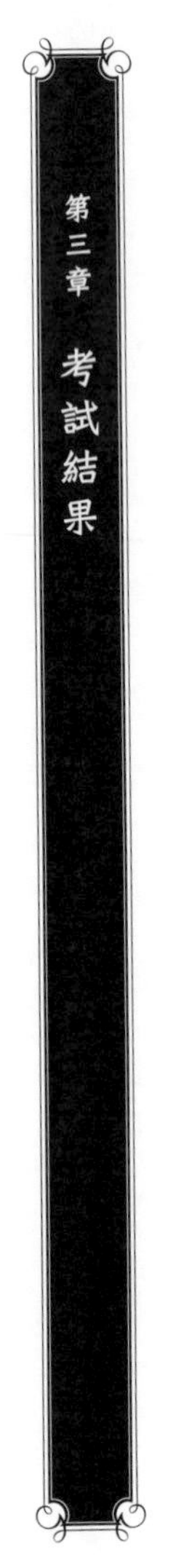

「芙蘿拉小姐，我們快一點吧。」

「好的，葉卡堤琳娜小姐。但不用這麼著急吧。」

在不失千金小姐優雅的前提下盡可能快步走著，芙蘿拉一邊陪葉卡堤琳娜在通往玄關大廳的走廊上前進，一邊笑著這麼說。

「這是第一次考試的結果嘛，很令人在意呀。」

「如果成績有高到能被張貼出來就好了呢。」

「芙蘿拉小姐一定會被貼出來的！」

沒錯，今天是要發表進入學園以來首次考試結果的日子。在少女戀愛遊戲當中來說，是一次很重要的劇情。

順利的話，芙蘿拉會是第一名，皇子則是第二名。如此一來，皇子就會把目標放在她身上，利用各種藉口靠近，並在之後的舞會上邀請她作舞伴才對。

……總覺得公爵家那邊的活動太過衝擊，一時之間我都快忘了少女遊戲的劇情了……

但為了公爵家的每個人，我絕對要避開毀滅旗標！

「我們在對答案時作答內容幾乎一樣，考試結果想必也很接近吧。」

「真是這樣的話很令人開心呢。」

放學後會將考試成績名列前十的學生姓名及排名貼在玄關大廳。一如芙蘿拉所言，我倆在互相對答案的時候，只有幾個地方不太一樣。所以我的成績說不定還不錯，兄長大人應該會覺得很開心！

基於這樣的心情，葉卡堤琳娜無法停下快走的腳步。

一抵達玄關大廳時，考試結果已經張貼出來，一群學生正嘈雜地圍在那邊。

這時要是說著「請閃邊喲！」之類的話驅散人潮，實在超有反派千金感呢。一邊想著這種事，葉卡堤琳娜還是跟芙蘿拉一起站到學生們的身後。

這時，注意到她們兩人的學生們稍微互相貼近，讓開了空間。

「哎呀，真是不敢當。謝謝你們。」

心懷感激地擠進人群後，我便帶著緊張的心情望向一年級學生的名字。不知道芙蘿拉是不是第一名呢？

……嗯？

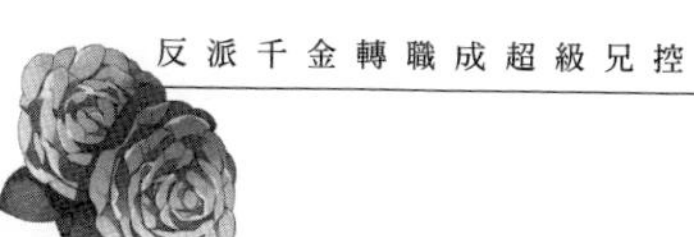

「葉卡堤琳娜小姐！恭喜妳。」

芙蘿拉揚起雀躍的聲音，抱緊了葉卡堤琳娜。

不，等等，給我等一下。我覺得好像看到了什麼奇怪的東西耶。

從第十名開始再重看一次好了。上頭羅列著我沒看過的名字。

直到第三名才看到我認識的名字。

第三名，米海爾・尤爾古蘭。

第二名，芙蘿拉・契爾尼。

第一名，葉卡堤琳娜・尤爾諾瓦。

……

葉卡堤琳娜不禁在腦內召喚了妄想中的搭檔。噗咻！以傳統的吐槽方式朝搭檔的胸口送上一記反手拳。

為啥啊！

是說吐槽可以用反手拳嗎？

不，重點不是這個。

我怎麼會是第一名？前幾天我還在接待皇室一家前來行幸耶。

結束之後，我一回到學園宿舍便筋疲力盡，完全沒有準備考試就直接爆睡。

不只是前幾天，直至行幸之前的每個週末我都耗在準備上，就算是平日，也會因為注意力被那件事牽引走，無法專心念書。

即使如此，答題的內容依舊跟芙蘿拉非常接近。我想說光是如此，自己便已經足夠厲害——

啊！這該不會是……！

「芙蘿拉小姐，我們去教職員辦公室抗議吧。」

「咦？抗議嗎？為什麼呢？」

「我的排名怎麼會比芙蘿拉小姐來得前面呢？這樣太奇怪了。這想必是看在身分地位而進行了不正當的調整。不可以有這種事情發生，既然是錯誤就該矯正。」

看著葉卡堤琳娜不禁握拳憤慨地這麼說，芙蘿拉卻露出滿面如花般的笑容。

「請妳冷靜一點，葉卡堤琳娜小姐。不可能會有那種調整的。」

「不！怎麼想都只有這個可能而已。」

「既然如此，那我就更不應該是第二名了。畢竟第三名是……」

啊。

第三名是皇子，身分地位比我還高。

這、這樣啊。各位老師對不起，是我冤枉你們了。

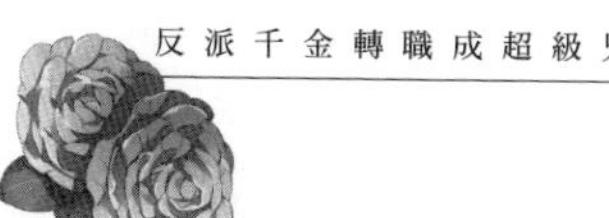

等等？

也就是說，我真的是第一名？

…………

啊啊啊搞砸了啦——！

葉卡堤琳娜拚命忍住想要抱頭蹲下的自己。

還還還不是因為！不是都說一般貴族均是從五歲就開始接受教育嗎？才會讓我產生「死定了這下子絕對要吊車尾了！」的爆棚危機感，於是拚了命去念書啊！

……這次是定期考，所以有一定的出題範圍，如果是從入學之後到現在的授課中學過的內容，那當然追得上。

而且有些學科因為具備上輩子的記憶，讓我懂得比其他學生來得多。

更何況雖然不算自誇，但葉卡堤琳娜可是兄長大人的妹妹，無論記憶力或理解能力都超有天分！

我沒發現這點啊！因為一起念書的芙蘿拉能力也差不多嘛！但仔細想想，芙蘿拉既沒有上輩子留下的獎勵，也不是從小就接受菁英教育，本來卻可以考第一，完全是天才……

死定了啦，搞砸了啦！怎麼辦，我該怎麼辦才好？

不，但芙蘿拉的名次依舊比皇子要高！這樣算是勉強過關嗎？應該算吧！嗚哇——！

「葉卡堤琳娜、芙蘿拉，恭喜妳們。」

呀——出現啦！

一邊在內心驚聲尖叫，葉卡堤琳娜回頭看去。想當然耳，皇子正站在那裡。

啊，抱歉！

皇子，真的很抱歉！你不要難過！

葉卡堤琳娜老是驚嚇不已。

然而皇子仍對葉卡堤琳娜及芙蘿拉露出溫和笑容。

「妳們考得真好啊。尤其是芙蘿拉，應該也有些是妳不太擅長的科目，竟然還能考出這樣的成績，真是太厲害了。」

啊，他稱讚芙蘿拉了。太棒了！這樣就過關了啦，太好了！

由於太過放心，葉卡堤琳娜露出閃閃發亮的笑容，交互看著皇子跟芙蘿拉。

但芙蘿拉謙恭地搖了搖頭。

「只是因為不擅長，我才會更常複習而已，不是什麼特別值得誇讚的事。況且……」

芙蘿拉露出惡作劇般的笑容，抱上葉卡堤琳娜的手臂。

哦哦，好可愛。

「葉卡堤琳娜小姐每天都會找我去她宿舍房間，一起預習及複習課程內容。能考出這

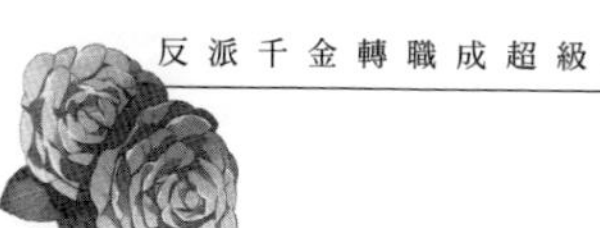

樣的成績也是拜此之賜。」

「全年級的前一二名一起讀書啊，想必很有意義吧。」

皇子雖然笑著這麼說，但他再次看向成績排名後，不禁嘆了一口氣。

「……真是慚愧呢。」

抱歉，因為我有著上輩子獎勵那種東西，感覺像是作弊一樣害你的排名往下掉，真的很抱歉。

但你實在很了不起。

即使不到兄長大人那樣的程度，平常應該還是很忙吧，之所以會造訪公爵家，也是皇室活動的一環。儘管目前的身分是學生，但想必仍得承擔許多其他的職責。即使如此，他依舊會覺得自己理當考到第一名吧。

畢竟是皇子嘛。那才真的是從小就跟著最厲害的教師學習，一直以來都受到菁英教育，卻被半路殺出來的兩個女生搶走前面的名次，落到第三名。換作是一般十五歲的孩子，心情不好也是理所當然的。即使因為這樣鬧脾氣還是找人麻煩，或許也無可厚非。

儘管如此，他仍能做出這麼成熟的回應，真不愧是皇家王子。

不，或許正因為是皇家王子，更突顯他有多了不起。以他的立場來說，有非常高的可能性會變成一個受盡吹捧，令人難以忍受的自大傢伙。縱使身分不及皇室身分，這樣的貴族依舊隨處可見，像是瞧不起芙蘿拉的那些人。但皇子打從一開始就對芙蘿拉很好。

我想，下次考試時，他應該會拿出真本事吧。畢竟一直以來都接受最厲害的教育，也是生來便被認定站上頂點是理所當然的人。因為考第三名而感到慚愧，既不逃亦不躲，而是選擇面對這種立場的王子，我一點都不覺得自己能贏過他。

啊……他這樣天生具備貴族義務的想法，跟兄長大人一樣。乍看之下覺得不像，但由於立場接近，果然還是挺相似的。

「米海爾殿下肯正面面對自己沉重的立場，真的十分令人敬佩。」

聽葉卡堤琳娜這麼說，米海爾心情看似有些複雜地勾起微笑。

嗯，你真的是個好孩子。

所以你就別客氣了，乖乖讓女主角芙蘿拉攻略下來，趕緊得到幸福吧！

「葉卡堤琳娜。」

聽見這聲呼喚，葉卡堤琳娜的表情立刻亮了起來。

「兄長大人！」

原本圍觀考試結果的學生們，立刻從阿列克謝跟葉卡堤琳娜之間退開，讓出一條路來。簡直就像在摩西面前分開的紅海一樣。真不愧是兄長大人。

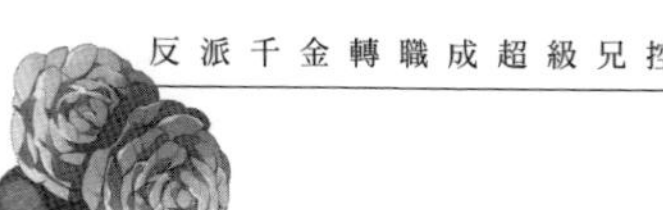

看到阿列克謝張大雙臂，葉卡堤琳娜毫不客氣地朝他飛撲而去。

「妳真的很努力了。我以妳為榮。」

緊抱著妹妹，阿列克謝憐愛地說著。

太棒啦～～被兄長大人稱讚了！考第一名真是太好啦！

剛才那種搞砸的心情不知道被拋到哪一個蟲洞去了，葉卡堤琳娜現在只覺得欣喜不已。

「能聽見這番稱讚也讓我覺得很開心。但我仍遠遠不及兄長大人呢。」

沒錯，我悄悄抬頭瞄了一眼三年級的成績排名。第一名，阿列克謝・尤爾諾瓦。屹立不搖的榜首。

「我只是被教育成理應如此而已。妳的努力比較有價值。」

阿列克謝如此斷言。

他果然抱持著這樣的想法。並非每個人都可以依循自己接受的教育成長，個人的努力及資質占了很大的因素，他卻能若無其事地這麼說。

順帶一提，二年級的第一名是弗拉迪米爾・尤爾瑪格那。原來如此，確實很優秀。

「你們兄妹倆感情真的很好呢。」

米海爾不禁苦笑，芙蘿拉也面帶笑容地看著我們。這時，同班的瑪麗娜・克雷蒙夫跟奧莉加．弗勒不知為何同樣在一旁，感覺一臉沉醉地將手交疊在胸前。

「瑪麗娜小姐、奧莉加小姐，妳們有什麼事嗎？」

稍微離開兄長身邊的葉卡堤琳娜這麼一問，瑪麗娜便「呵呵」地笑了兩聲。

「我看妳們兩位急忙走出教室，想說一定是跑到這裡，便過來看看了。妳們總是很認真地在念書，我本來就覺得一定會考出不錯的成績，沒想到竟然考上第一名跟第二名！實在太厲害了。連我們也跟著高興起來。」

「這樣啊，真是不敢當。」

原來是覺得在意，特地跑過來了啊。真是兩個好孩子。

此時傳來了一道聲音，是個帶有磁性的好聽聲音。

「妳是怎麼啦，跑來這裡幹嘛？妳又不可能考進前十名。」

「……哎呀，是兄長大人啊。」

瑪麗娜回應的聲音聽起來，語氣跟溫度大概都下降了兩階。

咦？兄長大人？

我朝出聲搭話的方向看去，只見一個有著出色的紅髮及金色眼睛，身材精實得像是運動選手類型的高挑青年，正停下腳步看著我們。

哎呀，他就是某時當我去兄長大人的班上，告訴我兄長大人辦公室在哪裡的那個人。

原來如此，對方跟瑪麗娜有著相同色調，同樣給人一種運動神經很好的感覺。他就是瑪麗娜的哥哥啊。也就是說，兩個妹妹同班，兩個哥哥也同班呢。

「哦，公爵，你這次同樣是第一名啊，真厲害。而且連妹妹也是。好久不見，不知道妳還記不記得，我叫尼古拉．克雷蒙夫。」

「好久不見，我當然記得。那次受到你的照顧，真是感激不盡。」

在揚起微笑的葉卡堤琳娜身邊，阿列克謝也帶著笑容看向瑪麗娜。

「這位就是你的妹妹啊。」

「對啊，我家的猴子。」

尼古拉「哈哈哈」地笑了起來，這讓瑪麗娜「咿──」地發出怒聲。

「等等，兄長大人！你剛才說那是什麼話！我要是猴子，兄長大人就是大猩猩了！明明是個蠻力誇張到可以把小倉庫破壞成兩半，食量又超大的大猩猩魔獸，卻硬要裝作人類，真是笑死人啦！」

「誰跟妳大猩猩魔獸，還不是因為說要重蓋一個小倉庫，才會要我破壞掉的好嗎！」

但依舊破壞掉了呢。

「妳裝作千金小姐的樣子才更笑死人，這樣真的有辦法混下去嗎？」

「哦～～呵呵呵，我已經學會母親大人親自傳授的『瞬間裝乖如貓五倍』，可說是無

懈可擊！」

「……妳都公然說出裝乖二字了。」

「啊！」

瑪麗娜僵在原地。

嗯，尼古拉學長，好一句吐槽。

原來是這樣啊～～瑪麗娜裝備了五隻貓啊～～是頭上有五隻貓的貓塔狀態啊～～真是毛茸茸呢～～

這讓披著千金皮的社畜湧上滿滿的親近感。

所以說，我也來裝傻一下好了。

「瑪麗娜小姐，原來妳有養這麼多隻貓嗎？想必非常可愛吧。」

「就、就是說呀！」

瑪麗娜立刻抓住了葉卡堤琳娜裝傻祭出的養寵物話題。

「我們經營著馬的牧場，所以有很多貓都會住在馬廄裡面。不但利於驅逐害獸，就連脾氣暴躁的馬匹也都跟貓很要好喔。」

「貓跟馬當朋友嗎？好棒啊。對了對了，我前幾天有見到克雷蒙夫家的魔獸馬喔，既美麗又力大無窮，實在非常優秀。」

「哎呀，聽妳這樣說相當令人開心！真是不敢當。」

瑪麗娜聽見葉卡堤琳娜這一番話不但由衷高興，也散發出總算蒙混過上個話題的感覺。

環視在場的各位，除了一臉傻眼的尼古拉以外，大家都掛著溫暖的笑容，看來就當作是讓瑪麗娜蒙混過去了。很好，日行一善。

不過克雷蒙夫兄妹看上去是感情好到可以吵架的關係呢。

葉卡堤琳娜抬頭看向身旁的兄長，惡作劇般的露出微笑。

「兄長大人，克雷蒙夫家的兩位看起來非常要好呢。相較之下，這讓我覺得我們似乎還不夠親近。要不要試著把我叫做猴子看看呢？」

「我辦不到。」

阿列克謝果斷地說。

「兄長大人也太快放棄了。」

「不管妳怎麼說，我就是沒辦法。雖然沒有親眼看過猴子，但那是棲息在南方森林裡，成群住在樹上的生物對吧。」

嗯，尤爾古蘭皇國似乎並未棲息著猴子。但南方諸國好像有很多，皇國據說也有人會把猴子當寵物養就是了。上輩子猴子給人的印象同樣是棲息在熱帶雨林之類比較炎熱的地方，歐洲幾乎沒有才對。雖然日本獼猴棲息在寒冷地區，也會在雪中喝著猿酒泡溫泉（並不會），但牠們算是例外。

阿列克謝撫上葉卡堤琳娜的頭髮，緩緩地順了下來。

「如果有哪座森林住著一群這麼美麗的生物，我想必會將公爵領地什麼的全部拋下，跑去那邊住了吧。即使在那邊蓋了間小屋，我甚至也不會進入室內，應該會過著成天仰望樹上，只盼能見到那身影一眼的生活。所以我沒辦法把妳叫做猴子啊，我的黑夜女王。我希望妳並非住在樹上，而是待在我的身旁。」

「哎呀，兄長大人真是的。」

妹控濾鏡今天也是開好開滿呢！

「難得兄長大人會說這種玩笑話。」

「我從不說玩笑話。生性不太會講。」

阿列克謝一臉相當正經的樣子。

尼古拉不禁沉吟。

「……喂，公爵，給我等一下。你竟然可以臉不紅氣不喘地說出那種令人害臊的話？」

「我說了什麼奇怪的話嗎？看來我真的不擅長將自己所想的事情表達出來。關於這點，我有自知之明。」

「不，應該是太會說了。你根本沒有發現自己沒有自知之明……呃，這不是廢話嗎？我在說什麼啊。」

尼古拉不禁伸手扶額。

「哎呀，他本來就有這種傾向。但最近突然磨練得越來越會講，真令人傷腦筋……我是不是也要向他學習才行啊？」

米海爾的表情難得露出一絲焦急。

不，皇子，你幹嘛亂學這種事？但如果是你，應該也會講得有模有樣喔。何況你的父親大人——皇帝陛下羅列這種華麗詞藻的技能可是跟兄長大人有得比。

但我還是希望你可以維持現在這樣的個性呢。

總覺得奧莉加的臉好紅喔。芙蘿拉跟平常一樣笑笑的就是了。

而瑪麗娜為什麼要用雙手覆住自己的臉呢？完全看得出來妳透過指間猛盯著看嘍。

喂～～可能有好幾隻貓沒在乖乖工作喔。

啊～～大家好像都因為兄長大人的妹控程度而感到動搖，真是抱歉。

不過，我也會窮盡兄控的奧義的！

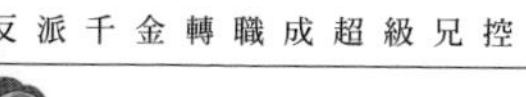

「玄龍已經離開了。」

公布考試結果的隔天，許久沒有在辦公室露面，公爵領地中最年長的幹部，森林農業長弗利這麼說。

葉卡堤琳娜不禁倒抽了一口氣。這幾個月來一直盤踞在尤爾諾瓦公爵領地森林裡的巨龍——玄龍。變身人類就會成為少女戀愛遊戲隱藏路線的攻略對象，魔龍王弗拉德沃倫。而牠總算採取行動了。

（芙蘿拉已經通過那個劇情關卡，所以應該不是走上皇國滅亡路線中要前來攻擊皇都的狀況吧。難不成是隱藏路線中有什麼動作之類的嗎！唉，我不知道攻略方法，無從判斷！）

「弗利，這是真的嗎？」

「是的，在下親眼目送牠離開了。」

看起來依然像個古代武士且一頭白髮的弗利，聽見阿列克謝的提問，便用那張曬黑的臉點了點頭。

不是啊弗利先生，你說親眼目送被稱作最古老又最強的玄龍離開，到底是在哪裡、怎麼看到的啊？真的是秉持野性生活的現場主義耶。

才這麼想，弗利便開始把整件事的原委娓娓道來。

一步步做好植林準備的弗利，一邊進行各種嘗試，總算進展到最一開始要植林的目標地區了。那個地區即使先把所有樹木都砍光運出去，變成只剩下樹樁的狀態，但也因為是一處陡坡，很難拿來當作農地使用，於是便沒有開墾。

這時，用支付日薪的方式聘請那些因為玄龍盤踞著，無從進入森林而失業的採伐工們去種植樹苗，先讓他們產生了植林同樣能賺到收入的印象。

接下來就要有人來培植樹木。這也是打算用釋出工作機會的方式，讓無法再做採伐等勞力工作的人可以求個溫飽。當弗利一邊想這些事，一邊以即使到了六十五歲仍不見衰退的強健雙腳四處巡視樹苗的狀態時……

弗利的妻子，也就是森之民的族長同樣對植林抱持期待，說是想看看現場便跟了過來。此時她抬頭看了天空，說道：

『我看到龍告鳥了。』

舉頭仰望，只見一隻巨大的黑鳥在上空盤旋，如烏鴉般全身漆黑，身體外形接近猛禽類。即使是對尤爾諾瓦的森林知之甚詳的弗利，也是第一次看到這種鳥。

妻子說，龍告鳥是玄龍的部下，抑或是其分身，會將自己看見或聽見的事情轉告玄龍，宛如斥候般的存在。應該是發現人類採取了從未見過的行動，才會前來偵察吧。

彷彿聽見了她這麼說的聲音，那隻鳥旋即降低飛行高度。牠停在弗利夫妻身邊一顆大岩石的尖端，直盯著兩人。

鳥的眼睛就跟紅寶石一樣散發著紅光。

這時，弗利開始對著龍告鳥說起話來。

對牠說起現在要在這裡做的事情是植林。人類長年以來都在採伐森林，但往後會在採伐過後的陳跡種植樹木，並延續使用下去。種植樹木到實際上可以使用為止需要五十年，因此希望在那之前也能持續讓人類進行採伐。這是統治這片土地的尤爾諾瓦公爵之妹提出建議，並經過公爵閣下許可而執行的政策，公爵家也希望能與森林共存。

這等同於向您，也就是玄龍致上敬意，並希望能與之共存。

話說至此，龍告鳥——笑了。

用那根本是人類的聲音，哈哈大笑了起來。

接著，牠張開羽翼，拍著響亮的振翅聲飛遠而去。

鳥一離開之後，弗利總覺得有些難為情。也不知道牠是不是真的會傳達給玄龍，自己卻面對一隻鳥正經八百地說了這麼多，自己的模樣在旁人看來想必相當滑稽吧。當他懷著這種想法，對妻子露出苦笑的那時——

原本放晴的天空，突然罩上了一層陰影。

山上的天氣本來就變化多端，原以為是烏雲飄來而抬頭一看，卻只見到一道背光的巨大輪廓。遠比大樹更加高聳入雲，甚至足以遮住太陽，既黝黑又龐大的——玄龍的頭。

即使背光，仍能知道那雙燃燒般鮮紅的眼睛正看著弗利。

這讓他不禁倒抽一口氣。弗利腹部使力，回望位在遙遠高處的那雙眼睛。

總覺得那雙鮮紅似乎笑了。

『真有趣。』

那是一道聲音。

籠罩森林的陰影範圍越來越廣。在龐大的頭後方，展開了巨大的羽翼。

羽翼一拍動，便捲起一陣轟隆般的颶風。

玄龍高高飛起。

隨風飄揚的塵埃讓弗利反射性地閉上眼睛。當風終於止歇，他睜開雙眼，玄龍早已飛到遙遠的彼方去了。

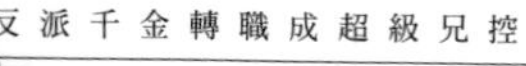

（這段經歷也太牽動中二的心了……不過魔龍王究竟是去了哪裡呢？）

「真有趣——那傢伙是這麼說的嗎？」

「是的。」

阿列克謝的提問讓弗利點頭答道。

「雖然暫時離開了，但玄龍應該會待在某個地方，看著我們是不是真的打算跟森林共存吧。」

「唔嗯。也就是說，玄龍認同了植林這個作法。這拿來當作限制領民們開墾的理由也很明確好懂。好，尤爾諾瓦公爵領地來訂定百年計畫吧。往後經過採伐的地方，基本上就列為進行植林的區域。然而也要顧慮到領民的想法，若是有適合拿來當作農地的地方，便允許他們進行開墾。你跟丹尼爾一起去推行領地法化吧。」

「遵命。」

丹尼爾・利嘉是尤爾諾瓦公爵家的法律顧問。他得基於皇國法律及公爵領地的領地法，配合弗利所知的現場狀況將這項政策明文化，且必須考慮到對違反者的懲處等細節。

若只是單方面懲罰，想必只會招來領民的反抗。

……與最古老的龍對談的奇幻事件，結局是法令化這般超級現實的官僚工作。畢竟龍在這個世界並非奇幻的存在，而是現實嘛。

一邊想著這樣的事，葉卡堤琳娜優雅地吃著今天的午餐——餡料滿滿的炸麵包。呃，即使是千金小姐，要吃這個麵包也只能直接一口咬下就是了。麵包仍溫溫熱熱，好好吃。

這同樣是我跟芙蘿拉一起做的。但她為了學習關於聖魔力的事情，被叫去修習在學園外進行的特別課程，因此不在這間辦公室裡。這個炸麵包也當作便當，讓她帶了好幾個去吃。

「總之，這樣便能採伐太陽神殿特別訂購的黑龍杉了。」

「眼下終於能放心了，畢竟我們也想跟那邊保持良好的關係。」

商業流通長哈利洛如此回應阿列克謝的話，替辦公室帶來鬆了一口氣的氛圍。

「在此也要向大小姐報告。皇后陛下向我們訂購『天上之青』了。陛下似乎要拿來跟進口布料搭配使用。其他客人也漸漸有向我們訂購。」

「哎呀！那真是太好了。」

太棒啦～～皇后陛下採用了！想必會做成非常時尚的禮服吧。他說的其他客人會不會是設計師卡蜜拉小姐呢？她真的替我們推廣出去了啊。

反派千金的觀光大使任務通關！耶～

「都是多虧有妳，才能解決這些難題。真的幫了我很多。」

阿列克謝這麼一說，葉卡堤琳娜只是搖了搖頭。

「聽兄長大人這麼說，我覺得很開心。但我實際上做的事情幾乎少之又少。這次都是多虧了兄長大人及各位優秀的能力才有辦法做到。」

這並非謙遜，而是我的真心話。

「若是換作其他人家，不過是家中千金，無論說什麼應該都不會被當作一回事。願意聽我闡述靈光一閃的點子，並自此發現可能性，全是因為兄長大人及各位並非心懷偏見之人。而且能如此迅速地讓靈光一閃的點子具體成形，也是多虧弗利大人豐富的經驗，以及其他人的信賴吧。要是沒有這些，我說出口的話依舊不具任何價值呢。」

由於上輩子曾做過系統設計，我很清楚一件事情從發想到成形是多麼令人苦惱，又要經歷多少麻煩的程序。

況且上輩子剛出社會時，總有一堆人不管新人說什麼都不會聽進耳裡。

雖然這間辦公室的每位幹部之所以會聽進我的意見，很大的原因是兄長大人如此年輕有為又如此優秀，不過幹部們都非常能幹。正因為能幹，即使是我這個才涉世幾個月的千金小姐說的話，也有辦法判斷出能用的部分並加以活用。

尤爾諾瓦公爵家太厲害了。然而這些人才都是祖父大人留下來的，所以了不起的是祖父大人呢。

不過，聽了葉卡堤琳娜這番話，幹部們只是彼此交換視線，並悄悄笑了起來。她這番話雖然是事實，但很少人聰明到能發現這項事實。

「妳真的是個聰明的孩子。但這次妳想到的是其他人都沒有想過的事情，所以確實有著很大的價值。而且妳也考出了優秀的成績，我想給妳一些獎勵。有沒有什麼想要的東西？」

不不不，能跟兄長大人在一起的這段人生本身就是一種獎勵了！

「若要提到優秀的成績，兄長大人一直以來都是榜首，才更該犒賞自己呢。說起我的願望，只有待在兄長大人身邊而已喔。」

「葉卡堤琳娜。」

阿列克謝莞爾一笑。

「正因為是妳，我才會想送些什麼給妳。」

此時，哈利洛跟艾倫開始追擊。

「大小姐，機會難得，要不要再請人替您多準備幾件服裝呢？搞不好之後還有機會被皇后陛下找去喔。」

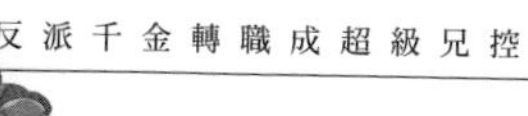

「寶石也請務必列入考慮。即使拿來當嫁妝也好，要不要湊幾個好一點的呢？」

「……」

喂喂喂，不能推薦小孩子這麼浪費吧！

不行，再這樣下去，感覺都要被擅自打點好各種東西了。我不需要那些！比起物品，我更想要留下回憶！

啊。

「兄長大人，我有個想要的東西。」

「這樣啊。是什麼？」

面對露出溫柔笑容的阿列克謝，葉卡堤琳娜雀躍地說：

「你還記得嗎？進入學園就讀的前一天，我希望你能找天休假日帶我參觀皇都。兄長大人，能不能請你找一天放下工作，跟我一起去逛逛呢？」

「……這點事情就夠了嗎？」

「兄長大人的一天可值千金呢！請賜我珍貴的一天吧。」

阿列克謝雖然露出有些傷腦筋的樣子，但葉卡堤琳娜趁著勢頭越說越起勁，讓他像是無法再堅持己見下去般勾起微笑。

「當然，只要是妳所希望的，都不是問題。」

「真令人開心！」

哇～～太棒啦！

要跟兄長大人——

約會啦！

就這樣，我們立刻約好當週週末出遊。葉卡堤琳娜比平常更認真打扮了一些，並踩著輕快的腳步走向馬車。

此時，阿列克謝穿著比平常再正式一點的服裝，已經在馬車前方等待著。他一看見妹妹便露出微笑。

「抱歉，讓你久等了。」

「原來等待美麗的女性，是一段這麼令人開心的時間。葉卡堤琳娜，是妳讓我明白了這件事。」

哎呀～～真開心。

以兄長大人來說，可是妹控到並非嘴上隨便講講好聽話，而是認真說出這種話的程度。實在令人感激不盡。

在遞過來的右手疊上自己的左手，我在阿列克謝的護送下乘進馬車。

「問了這麼多次實在抱歉，但真的這樣就夠了嗎？」

「當然，這的確令我開心不已。」

他真的確認了好幾次就是了。何止寶石，像是馬、我專用的馬車等，最後甚至說出「就給妳一座城堡，妳收下吧」……

太奇怪了吧。只是考試成績很好，竟然送「城堡」，奇怪也要有個限度吧！雖然好像是位在度假勝地的一棟別墅，但說什麼「那裡打造得很優美，很適合妳」啊。這不是重點。

況且公爵領地的幹部們都沒人要幫我阻止兄長大人，讓我覺得很震撼……阻止他啊，誰來吐槽他一下吧。諾華克先生更喃喃說著「嫁妝只要另外準備就好了」也好可怕，該不會真的打算擅自幫我打點好各種東西吧？上輩子忘記在哪裡的博物館當中，我曾看過德川御三家的公主要嫁去某處大名家時的嫁妝，有著蒔繪漆器或螺鈿等工藝品，超級豪華……

話說回來，諾華克先生是不是尚未放棄要我以皇后為目標啊？那個人也是不會一次兩次就輕言放棄呢……但是啊，不會的，我絕對不會以皇后為目標！現在都已經跟芙蘿拉還有皇子成為朋友了，要是走到被他們兩人定罪而淪落毀滅的劇情，我可是會心死的喔！

總、總之，先別想這件事了。

車輪發出嘎啦嘎啦的聲音，馬車持續前行。

皇都以皇城為中心向外拓展開來。在靠近皇城的地區，有著高級貴族在皇都的宅邸，以及行政機關的建築物比鄰。這裡靜謐優美，石板道路也很寬敞，環境整備得相當完善，感覺似乎和東京皇居那一帶的氣氛有點像。與童話故事中的城堡一樣美麗的皇城也能看得很清楚，不知道江戶時代那時候的江戶城，看起來是不是同樣如此高聳入雲呢？

「妳一直都很想看的謝爾蓋公的雕像便是那個。」

「果然很龐大呢！」

平常要往來皇都公爵宅邸跟魔法學園時，走的都是路上有著彼得大帝雕像的那條路。這次在皇都觀光的第一站，便是來到有著兩人祖先謝爾蓋公雕像的這條路。

「真的和祖父大人很相像呢。」

「是啊，以前我也對祖父大人說過一樣的話。他笑著說『搞不好是出生時就很像了，才會替我取名謝爾蓋吧。』」

不知道那是兄長大人幾歲時候的事情呢？會不會是比十歲跟祖父大人一起被畫上肖像畫那時還要小的時候呢？想必是從那時候就很聰明伶俐了吧，一想到說話口吻像個成熟大人般的小小隻兄長大人，總覺得好可愛啊～～呵呵。

想到這裡，我不禁莞爾，這讓阿列克謝費解地歪頭問道：

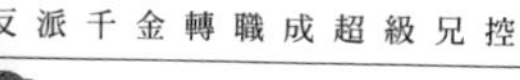

「妳很開心嗎？」

「對不起，我只是想像了小時候的兄長大人。想必相當可愛吧。」

阿列克謝搖了搖頭。

「我總是被人說一點都不可愛。」

那應該是臭老太婆說的吧？

小時候的兄長大人聽了是不是覺得很受傷呢？那想必也是無可厚非的。

「……我從那麼小的時候開始，就不擅長與人親近來往了。雖然我不是刻意做出那樣的表現，卻沒有人會想主動靠近我。」

他忽然停頓了一下，或許是回想起唯一的朋友了吧。

很難得地，阿列克謝垂下了頭。

「會因為我的存在而感到開心的，只有祖父大人跟妳而已。妳總是會擔心我太過投入於工作，但我的可取之處頂多也只有工作了。即使空出時間跟我說隨自己運用，仍想不到任何一件想做的事情……我正是這麼一個無趣的人。所以我覺得就算妳整天跟我在一起，依舊不會開心。」

看著這樣說的阿列克謝，葉卡提琳娜暗忖著。

兄長大人真是的……

太可愛了吧！

這是為什麼呢？眼前這個超級能幹男人有點示弱的樣子未免太可愛了吧！

在奔三女眼中，一想到這是平常表現得成熟穩重，但依舊仍是個十七歲的男生在坦言自己軟弱的一面，又覺得更可愛了！

所以他才會特地確認這麼多次呀，原來是因為內心懷著這樣的自卑感才會有點忸忸怩怩的啊。討厭啦～～好可愛啊～～

葉卡提琳娜牽起兄長的手，並用自己的雙手握住。

「兄長大人……或許只靠言語無法傳達我的心情，但兄長大人願意陪伴我，讓我真的覺得很開心，同時也感到很放心。自從母親大人辭世之後，我一直都覺得很寂寞。然而，在來到皇都倒下之後，因為有兄長大人牽著我的手，才讓我不再感到寂寞喔。兄長大人有著一雙大又溫暖的手，而且誠實又強大，為人相當可靠，更具備豐富的知識……我敢斷言，比起其他溫柔對待女性，高尚又講究的什麼紳士，跟兄長大人在一起更令人開心得多。」

阿列克謝睜大了雙眼。

反正一定是那個臭老太婆一天到晚就拿自己寵愛的父親與兄長大人相比，對他說什麼你老爸小時多可愛，相較之下你一點也不得人疼之類的。儘管小時候的兄長大人可能平淡

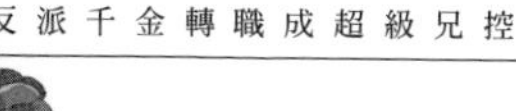

地回望著老太婆，但心底依舊會覺得很受傷吧。光是想像那個樣子便想把他抱緊處理了。

小孩……應該說每個人都是不一樣的啊！大家當然有著各自的優點。我們不一樣，但我們都很棒啊。

話雖如此，我仍主推兄長大人。嘴上說著大家都很棒，但果然還是兄長大人最棒了。對不起！但我很明白每個人都有各自不同的喜好喔。

再說了老太婆，兄長大人是妳的孫子吧，一般來說是能無條件付出愛的對象耶。當然不是每個人都疼愛自己的孫子，這也是人各有異，但妳這樣不行。妳為什麼就是這麼惡意針對他啊？

「謝謝妳，葉卡堤琳娜。」

阿列克謝牽起葉卡堤琳娜的手，並恭敬地抵上自己的額頭。

呀啊～～瀏海碰到手了超飄逸～～

「妳真的是上天給我的恩惠。既溫柔、聰慧，又美麗。我真的是個值得收下這般美好恩惠的人嗎？即使捫心自問，我依舊百思不得其解啊。」

不，兄長大人，我只是個兄控妹妹而已。

總覺得真是抱歉。

經過謝爾蓋公的雕像之後，可以看見一條河川。

「這是人工運河，是為了將塞諾河的河水引至皇城護城河而打造的。」

「這也就成為將物資運進皇城的水路了對吧。不知道皇后陛下的絲綢是不是同樣有經過這裡呢？」

流經整個皇都的塞諾河不只對皇都來說很重要，也是皇國物流大動脈的一條大河，並往南流入尤爾賽恩領地的港口位處的海灣之中。許多來自「諸神山峰」另一端的進口商品，都是經過塞諾河運送到皇都。這讓人理解到尤爾賽恩領地的重要性。

馬車很快地駛離河邊了。道路的兩旁開始可以看見店面規模滿大的商店櫛比鱗次。不只貴族，這附近也住有平民富商，是個做生意的地區。感覺像是東京的銀座跟日本橋那樣，聚集了高級店家。整體氛圍跟剛才比起來更加繁華。

「整個街道都很有一體感呢。」

「畢竟這裡可說是商業公會的門面，只會讓氣氛符合的店家在這裡開店。」

就這點來說同樣跟銀座很像。

「差不多要抵達第一個目的地，太陽神殿了……抱歉，來到這裡還有公事要辦。」

「我同樣是尤爾諾瓦的女兒。能跟你一起處理公事，我覺得很開心喔。」

這附近不只是商店，同時有許多坐擁廣大信徒的有力諸神神殿座落於此。這些地方既

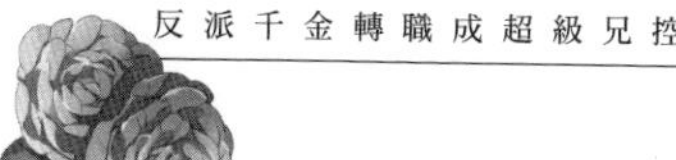

是宗教設施，也是觀光景點。當中以充裕資金打造出壯麗神殿的太陽神、商業神及雷神神殿最受歡迎，可說是來到皇都觀光時不容錯過的景點。

在少女戀愛遊戲當中，我想沒有任何觸及皇國宗教的設定。實際上，皇國大多民眾雖然都對諸神抱持信仰，心態上卻並未太過激進。不過當中依舊有著對特定神明抱持狂熱信仰的人，遇到困難時會向神尋求協助。無論是哪一柱神明的神殿，總有人單純為了參觀打造得壯麗的外觀，或是其由來而來到神殿參拜，並抱持一定的誠心獻上祈禱。簡單來說，跟日本滿接近的。

然而這個世界，神明似乎是真的存在……的樣子。

但說是神明，倒不是像一神教信奉的那種全知全能的存在。神話當中有各式各樣的神明，有些具備跟人類近似的感情，有些則是接近動物，也有將某種魔物信奉為神的民族，感覺神跟魔之間只有一線之隔而已。搞不好同樣有很多被征服的民族所信奉的神，淪落到被視為魔物的下場。

皇國大概就像這樣，信奉著非常多神明，皇都更有許多從皇國各地過來的人們，在這裡蓋起故鄉諸神的神殿。如果連小小的祠廟也算進去，真的是四處都祭祀著神明，可說是皇國當中神明密度最高的地方了。這麼說來，學園裡同樣有一隅祭祀著學問的神明呢。

由於密度實在太高，聽說還有人本來是為了建造新的神殿而打算將神明請過來，卻被神明託夢說「已經客滿了進不去，沒辦法」（意譯）的樣子，不知道是真是假。

在觀光勝地當中享有最高人氣的太陽神神殿，今天也有許多民眾前來參拜。他們徒步通過神殿大門，馬車則得前往人煙稀少的另一道門。一看到公爵家的家徽，跑出來的守衛敞開大大的門，馬車便順利抵達神殿。

讓阿列克謝牽著手走下馬車之後，有人上前迎接我們——是位身穿神官服，而且款式相當華麗，年約四五十歲的人物。

「尤爾諾瓦公爵閣下，歡迎您蒞臨。大神官在裡頭恭候您的到來。」

「謝謝你前來迎接，神官長。」

是神官長親自迎接啊～雖然事到如今訝異這個沒什麼意義，但尤爾諾瓦公爵家的光環真了不起。

在神官長的引領下，我們來到一般參拜客不得進入的神殿內宮。這裡相當金碧輝煌，甚至讓人聯想到梵蒂岡的聖彼得大教堂。

大神官是位有著一頭白髮，蓄著長長的白鬍鬚，看起來很像典型神官的長者。他穿的神官服比神官長的還要豪華，媲美羅馬教皇等級，採用的顏色更是代表太陽的黃色、白色

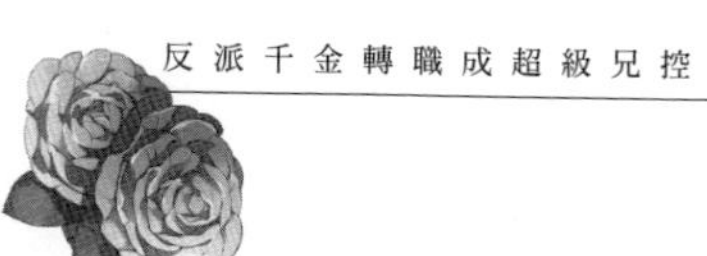

與金色。

「非常抱歉，這麼久沒有來拜訪您。此次是要來向您報告訂購的黑龍杉已經確定可以採伐，也為了拖延到時間而向您致歉。」

「既有巨龍出現，也是無可厚非。讓公爵閣下親自前來才真是不敢當。」

最高負責人都特地前來謝罪了，想必不會感到不高興吧。

但兄長大人面對年紀比自己大了六十歲左右的大神官，卻一點也不會震懾於對方的魄力呢。不如說，在對話中講到重要的地方，那雙螢光藍的眼睛還會綻出威光，氣場反而都要壓過對方了。真不愧是兄長大人。我依舊不禁想問，你真的只有十七歲嗎？

剛才還說可取之處頂多只有工作，但要能幹到這種地步很不得了喔，即使在奔三女看來也是尊敬不已。能幹的男人俐落地處理一個大案子的身影，真是令人著迷。有點示弱的模樣是很可愛，也惹人憐愛沒錯，但還是能幹的男人最有魅力了。

接著，大神官帶我們參觀了不向一般民眾公開展示，有著千年歷史的亞斯特拉時代至今的神像等多數祕寶。

真不愧是太陽神，超帥，一如希臘雕像那樣美麗。以上輩子來說搞不好會被列為世界遺產。

那些祕寶的由來也很厲害。彼得大帝跟他的弟弟們，以及歷代皇帝及公爵的名字都接連登場。完全是歷女的天堂時間。

好像是因為我喜歡歷史，兄長大人於是事先請大神官替我們介紹。真不愧是始祖型傲嬌，盡全力的溫柔太令人開心了。

……不過另一頭明明就有一大批善男信女在參拜，我們卻在這裡享受特別待遇。畢竟原本是市井小民，不禁讓我覺得有點退縮。但再怎麼說這裡都是身分制度的社會，可說是社會分化的完成型態？而且神殿跟我們之間還有著建材這方面的往來。說著「也請學習一下建材的市價吧」（意譯）的大神官跟兄長大人激烈的辯論互動，讓我學到了不少。

在那之後，在阿列克謝的期望之下，我們告別大神官，再次讓神官長帶我們到一般參拜者也能前往的區域。話雖如此，卻並非主神的太陽神宮，而是參拜者寥寥無幾的一柱配祀神，黑夜女王闇夜精靈的神宮。

在太陽神各式各樣的戀愛傳說當中，黑夜女王雖然也對太陽神抱持著戀慕之心，卻對要委身於一個花心男感到抗拒，是個堅守貞操的女神。因此才會只在當太陽離去之後，直到太陽升起之前的這段時間出現在天空中。話雖如此，她依舊是與太陽神相關的女神，所以奉祀在這座太陽神殿之中。

或許是跟現世利益沒有關係，所以這座沒什麼人參拜的女神神宮有些簡樸。但相對地，這裡打造得很高雅，也很優美。

「非常抱歉，讓兩位久等了。」

匆忙地走過來的那位微胖的溫和神官，在看到葉卡堤琳娜的瞬間不禁停下腳步，目不轉睛地盯著看。

咦？怎麼了嗎？

「不……是、是我太失敬了。我還以為……是女神顯現於此了。」

哎呀，真會講話。

「哦，看來不是只有我這樣想啊。」

身旁的兄長大人好心情指數直線飆升。過不久這座神宮應該就會飛來一大筆捐贈了，恭喜。

啊，對了。

「我這樣的人怎麼能說是女神顯現呢，太不敢當了，不過這一番話還真令人高興。兄長大人，你覺得像這座神宮敬獻『天上之青』的顏料如何呢？若是獻上適合闇夜精靈，美麗的青之色彩，或許也能讓女神感到欣喜。」

只要這裡成為一座值得讓人來參觀的美麗神宮，前來參拜的人就會增加，這樣應該也能替「天上之青」作宣傳。捐贈的金額就當成廣告宣傳費，如果可以回本就好了……呃，女神大人真是抱歉。

「這是個好點子。我們想向女神敬獻，不知道方不方便？」

「當然沒問題，真是感激不盡……不過，原來這一位是您的妹妹。原以為是夫人……」

哎呀討厭啦～才不是呢，這該怎麼辦呀！

我也不用怎麼辦啦！

微胖的神官好像是這座神宮的負責人，在這裡也給我們看了平常不會公開展示的女神像。雖然只是個高約五十公分左右的小型木雕，但刻劃的是在登上天梯途中回首的身影，是一尊極其美麗的神像。據說這尊被奉為皇國之中最美麗的女神像。

「多美麗的身影，果真與妳很相像。」

阿列克謝帶著微笑這麼說，葉卡堤琳娜的內心卻感到相當悲傷。因為她覺得這和母親很相像。

看著妹妹的表情，阿列克謝似乎馬上察覺到了。他抱著葉卡堤琳娜的肩膀輕聲說道：

「妳想要的話，就將女神迎回宅邸吧。」

……不，兄長大人，請等一下。

意思是要買下這尊女神像嗎？萬萬不可。即使不像剛才大神官給我們看的那些祕寶有著世界遺產的等級，我想這尊同樣具備重要文化財等級的價值，買下來當私人所有不太好吧。而且我也不希望你這樣亂花錢。

「……我覺得這尊女神像該是屬於所有造訪神殿的人們。」

見葉卡堤琳娜搖了搖頭，阿列克謝露出微笑。

「這樣啊，妳真的十分謙遜。」

啊，妹控濾鏡發動了。

然而阿列克謝仍向神官長及微胖的神官表示希望可以製作一尊複製神像。

公爵宅邸中沒有母親安娜史塔西亞的肖像畫。過去在那個掛有歷代公爵及其家族肖像畫的房間裡，也曾有安娜史塔西亞的肖像畫，但在祖父謝爾蓋辭世後，便被祖母拿去燒掉了。

所以他才會想擺上這尊女神像的複製品作為替代。

真不愧是兄長大人，複製品這個決定倒是比較實際。

「這個想法太好了。母親大人想必也會很開心的。」

擺在她那麼戀慕的父親的肖像畫前面好了。

就讓拒絕了太陽神的堅強又美麗的女神身影，使那個光源氏老爸碰個一鼻子灰吧。雖然母親並非那種個性的女性，但若能投胎轉世，希望她能具備這樣堅強的心。

在神官長的目送下，當公爵家的馬車離開太陽神殿的時候，已經是午餐時間了。

這附近是高級商店街的地區，也有很多高級餐廳。不愧是歷史悠久的皇國，有好幾間持續了百年以上的老店。祖父謝爾蓋似乎很常光顧那些老店當中的其中一間，兩人便朝那裡而去。

於外觀沉穩的店門前下了馬車，並在阿列克謝的護送下走進店裡。門衛恭敬有禮地低著頭敞開大門，後方便是讓人感受到歷史，氣氛也很典雅的餐前酒吧。這是讓客人在等候餐桌整理的期間，可以好好享用餐前酒的地方。

現在同樣有幾組貴顯淑女正在舉杯品嚐。然而當阿列克謝跟葉卡提琳娜踏入其中時，身穿黑衣的店主便朝著他們行了一禮。

「許久不見，阿列克謝大人……不，公爵閣下。您的蒞臨是本店的光榮。」

「好久不見了，摩爾，你看起來過得不錯就好。」

身材略顯嬌小，並有著一頭似乎與生俱來的銀髮，面容柔和的店主摩爾，以溫暖的眼

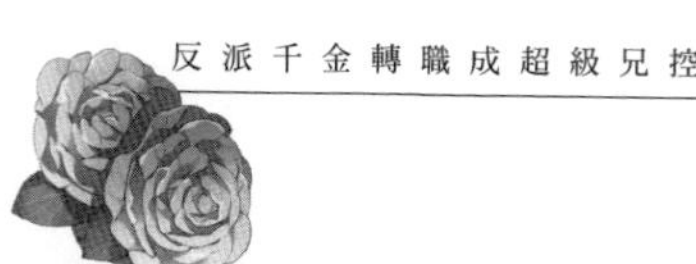

神抬頭看向阿列克謝。而阿列克謝也懷念般的回應了招呼。

「摩爾，這是我的妹妹葉卡堤琳娜。這是她第一次造訪這間店。」

聽見他的介紹，摩爾再次朝著葉卡堤琳娜低頭致意。

「您好，初次見面，葉卡堤琳娜大人，經常聽聞您的事蹟。不過您比謠傳更加美麗。」

「哎呀，真會說話。聽說這裡是祖父大人經常光顧的店，我很期待喔。」

「不敢當。來，我帶兩位入座。」

在餐前酒吧等候帶位的人們，紛紛朝由店主親自引領走向店內深處的尤爾諾瓦公爵兄妹投以欽羨與感嘆的眼神，目送著他們。

店主帶我們來到店內最深處的包廂，這是當年祖父固定的座位。擺設既豪華又有品味，整體氣氛讓人很放鬆，還擁有一大面窗戶帶來明亮的採光，可以看見綻放著薔薇的小巧又美麗的庭園，以及另一頭在雅致的大道上往來的行人。這肯定是這間餐廳最棒的位置。

這麼說來，上輩子我曾聽說過歐美的餐廳座位會依照客人的身分階級，以及經常光顧與否而有明確的差別，或許這裡也是一樣的概念。但我聽說以上輩子的美國而言，越靠近入口，從外面望過來看得越清楚的座位就是上位時，只是想著原來如此。看來換了一個地方，價值觀便會有所不同。

跟兄長面對面坐下之後，葉卡堤琳娜試問道：

「兄長大人很經常光顧這裡嗎？」

「不，自從以前祖父大人帶我來之後，就再也沒來過了。」

畢竟兄長大人仍是學生身分，平常也住在宿舍，沒什麼機會來這種地方外食吧。

「那個時候的閣下還很小呢。現在已經成長為如此出色的人物，想必謝爾蓋公同樣會感到很欣慰吧。」

摩爾這番話引來阿列克謝的一番苦笑。

「聽你說什麼成長，這句話本身就是依舊把我當個孩子看待呢。」

「對於老者來說，也只有將年輕人作為孩子看待這點樂趣了。總有一天當閣下年邁之時，也請您務必試試。」

一本正經地這麼說了之後，摩爾莞爾一笑。

「這也是以前謝爾蓋公說過的話。那位的個性溫柔，卻有著愛開玩笑的一面……仔細想想，他當時的年紀也還不至於被稱作老者吧。」

最後一句話宛如感嘆的低喃。

祖父大人在五十八歲時與世長辭。這個世界的平均壽命比上輩子來得短，即使如此，他依舊太過早逝。既然祖父大人曾任大臣及宰相等要職，換句話說……

也就是過勞死！

這個世界果然也有過勞死這回事呢！正因如此，我更要盡全力保護兄長大人！祖父大人，我發誓不會讓兄長大人步上您的後塵！

擅自斷定了祖父的死因，葉卡堤琳娜在桌子底下握緊了拳頭。

就在想著這種事的時候，飲品跟前菜已經準備好了，葉卡堤琳娜不禁讚嘆放在眼前的玻璃杯有多美麗。

宛如威尼斯玻璃一般，呈現華麗的青藍色彩，也帶有精美的裝飾，玻璃杯的腳部更是以兩種不同色調的青色玻璃扭轉而成。

「好美的玻璃杯呀。」

上輩子的我也有個與這個相似的玻璃工藝品，不過只有部分地方相似。當時我先是看到那位喜歡畫插圖的朋友苦惱許久才買下來，結果因為實在太美，自己也忍不住買回家。

啊！

對了，如果是那個東西，應該可以在這個世界重現吧？

「大小姐的眼光真好。這是由被譽為皇國第一的玻璃師，穆拉諾師傅所打造的。可惜的是師傅在前年辭世，其作品的價值也直線攀升。」

「葉卡堤琳娜，妳要是喜歡，就讓宅邸買齊吧。」

兄長大人真是的。宅邸裡使用的那些玻璃杯也全是歷史悠且相當精美的東西喔。

不過做出這個讓我聯想到威尼斯玻璃的玻璃杯的工匠名叫穆拉諾啊。記得威尼斯的穆拉諾島，是不是以前有玻璃師被關在那邊進行玻璃工藝的地方來著？

「比起統統買齊，像這樣在意料之外的地方相遇更令人開心呀。」

「真不愧是尤爾諾瓦公爵家的千金，說起話來就是文雅大方呢。」

摩爾敬佩地說，阿列克謝也說著「真像妳的作風」並莞爾一笑。

正當我要伸手拿起玻璃杯，阿列克謝卻出聲制止了。

「先等一下。」

這麼說著，阿列克謝朝葉卡堤琳娜的玻璃杯伸手一遮，隨即讓人感受到布上了一層魔力。

「妳摸看看。」

我照他說的伸手一碰，發現玻璃杯變得冰冰涼涼。

「好厲害喔，兄長大人。這是何等纖細的魔力操縱呀。」

「以前我同樣在這裡向祖父大人這麼做了。他也覺得很高興。」

當然會高興啦。才十歲左右，就有辦法做到連大人都不一定能精準辦到的細微操縱，可說是自豪的孫子……跟那個臭老太婆不一樣，看來祖父大人是個正常的爺爺呢。

舉起玻璃杯乾杯之後，我飲用冰鎮過的涼爽莓果汁，清新的感覺讓人不禁微笑。皇國的法律中似乎沒有特別針對飲酒設下年紀限制，但就道德良知來說依舊認為讓孩子喝酒不太好，而且我上輩子意外地是個不太會喝酒的人。葉卡堤琳娜自己決定還是二十歲以後再碰酒比較好。

「冰冰涼涼的，好好喝喔。謝謝兄長大人。」

「妳高興才是最重要的。」

這個世界沒有冰箱，若非具備冰屬性魔力的貴族，想冰鎮飲品就只能放到冰窖冰存，或是加入儲藏在冰窖裡的珍貴冰塊。上輩子覺得理所當然的冷飲，在這裡可說是一種奢侈。

雖然是店主，但摩爾今天特別親自替兄妹倆服務。過去曾是一介服務生的他，似乎很感謝被祖父相中提拔的恩惠。

「說來丟人，但年輕的時候我沒能好好學習讀書寫字。多虧兩位的祖父大人給我這個機會，才能讓我學習到一點教養。那一位很喜歡培育人才。他說，即使不是要培育來作為自己的部下，光是看著人類慢慢改變的身影仍覺得開心。我想他應該很喜歡人類吧。」

興趣是培育人才。

太有意義了吧。

「祖父大人真是位十分出色的人物。直到現在，每位部下都仍仰慕著祖父大人的理由，我有些能理解了。」

「聽妳這麼說，我同樣覺得很高興……要是祖父大人能與妳相見，不知道他會有多開心。妳特別會湧現自由的發想，祖父大人也有這樣的一面。他會想到從來沒有人想過的事情，並且執行。要是聽到妳的意見，他應該會開心地笑著說『正合我意』吧。我幾乎都覺得要聽見他這麼說的聲音了。」

嗯——真想看看那幅肖像畫中的優雅紳士開心地笑著的樣子呢。

這麼說來，祖父大人在學生時代曾安排讓同學們私奔了對吧。說起來他確實是有著很厲害的發想……雖然兄長大人想說的應該不是這個意思。

「我覺得祖父大人跟兄長大人很相似喔。」

「閣下跟謝爾蓋公的確相像。天生就是站在人上之人的魅力、敏銳的知性，以及不會厭煩於努力的氣質，在我看來都是一樣的。」

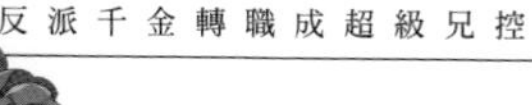

摩爾先生的觀察力真是敏銳呢！真不愧是一流餐廳的店主。

「而且連聲音都很像。謝爾蓋公也是這般低沉又好聽的嗓音。」

「……是這樣嗎，我自己倒是不太清楚。」

雖然這麼說，阿列克謝看起來仍有些開心。容貌與祖母和父親相似的他，應該從未想過自己同樣有跟祖父相似的地方吧。現在的聲音也是經過變聲期慢慢變化而來的，所以平常一起辦公的部下們應該難以指出這一點才對。

自己不會那麼了解自己的聲音嘛。不過，原來兄長大人的美妙聲音是來自祖父大人啊。基因真是幹得好。

在那之後，祖父依舊是話題的中心，但大多是摩爾一邊替我們上菜，一邊告訴我們的事情。都是祖父跟兄妹倆認識的人年輕時候的一些趣聞。

像是阿列克謝的心腹諾華克之所以會入贅尤爾諾瓦公爵家的分家諾華克子爵家，與其說是祖父的意思，更主要的原因是當時子爵家的千金對諾華克懷有愛慕之心，祖父便安排在這個包廂跟諾華克及千金一起吃飯，然而當時的諾華克完全沒有發現這個意圖，一心只顧著對祖父議論關於政策的事情。

或是當皇帝陛下還沒被立為皇太子的學生時代，為了擄獲現在的皇后陛下芳心，在祖父的協助下用盡各種方式。當時身為外務大臣的祖父以要跟國外政要人士歡談為藉口，時不時會找他們兩人一起參加。

這讓兄妹倆都不禁有些抱頭感到為難。同時，葉卡堤琳娜心想：

祖父大人——

看來您的興趣是當貴族媒人呢！

悠哉地吃過午餐之後，我們一起去參觀了國立劇場的建築，最後前往掌管時間與命運之神的神殿，並爬上鐘塔。直到接近日落的時間，晃蕩光輝中放眼望去的皇都，給人一種奇幻的感覺。

這讓我回想起上輩子從上往下眺望的東京街景。不太記得是從都廳看過去，還是從天空樹看過去的，但那街景是多麼遼闊，同時色彩又是多麼乏味；相較之下，這座皇都小巧得太多，又是一片綠意盎然，讓我覺得相當美麗。

隨著時光流逝，這裡是不是總有一天也會變為混凝土建築物櫛比鱗次的街景呢？

但無論葉卡堤琳娜多麼長壽，那都是比壽命走到盡頭而辭世還要久遠以後的事了吧。

「葉卡堤琳娜，妳今天玩得開心嗎？」

「當然！整天都跟兄長大人在一起，讓我相當開心。」

在返回公爵宅邸的馬車當中，阿列克謝這麼一問，葉卡堤琳娜便語帶雀躍地答道。

「不但為我安排了觀賞歷史性的寶物，還跟我說了許多祖父大人的回憶。兄長大人的這一番心意，真的讓我非常高興。」

「這樣啊。妳覺得開心就太好了。」

阿列克謝淺淺勾起微笑。

……兄長大人是不是為了安排今天要帶我去哪裡、做些什麼事情而苦惱許久呢？占去兄長大人這麼多時間雖然讓我覺得很過意不去，卻依舊覺得很開心。

不過，如果可以一直跟兄長大人待在一起，無論在哪裡做些什麼，我都會很高興喔。好！

準備回禮給兄長大人吧！

我可是兄控，更是主推兄長大人呢。傾心盡力全為主推！既然主推為我帶來喜悅，便要回送禮物之類來聊表心意吧。況且我也剛好想到一個不錯的點子。

兄長大人，我也會努力的！

回到公爵宅邸之後，葉卡堤琳娜首先便去拜託米娜一件事。

「喏，米娜。我想特別訂製一個玻璃工藝品，該怎麼做才好呢？我打算瞞著兄長大人準備。」

「要瞞著閣下嗎？」

「是呀。我希望訂製一個作為禮物送給兄長大人，想給他一個驚喜嘛。」

我向伊凡問了兄長大人的生日，發現就在一個半月之後。如果在餐廳想到的那個東西可以在這個世界重現，應該會是一個不錯的禮物。

話說回來，兄長大人明明是冷酷型，魔力也是冰屬性，卻是在很熱的時節出生的呢。以上輩子來說是獅子座啊。呵呵，好像也滿適合他的。雖然我上輩子是處女座，但這輩子是十二月出生的，所以是射手座吧。不知道彼此之間合不合拍呢～

……上輩子明明幾乎沒有在意過星座占卜這種事情，我現在是在陷入什麼少女情懷之中啊？

「玻璃是吧。無論如何，工藝品的話，只要派人去工坊訂購便可以了。看您想要的是什麼樣的東西，跟我說了之後，我就會去訂購。」

「我想……這有點難以解釋。搞不好是米娜跟工坊的工匠都沒見過的東西。」

葉卡堤琳娜一邊說著「就像這樣子」，在紙上畫給米娜看，卻讓平常總是面無表情的她難得睜大了雙眼。

「請問……這是什麼東西？」

總之先替葉卡堤琳娜泡了杯紅茶，米娜露出了困擾的表情。

「大小姐，就像您說的，我或許很難確切地說明您想要的東西。雖然也能將工坊的師傅直接找來這裡，可是那樣便會被閣下知道了。您直接去工坊訂購或許是最確實的方式，但那也不是您自己可以去的地方。」

「可以的話，我想自己說明。我親自跑去工坊，是那麼粗野的事情嗎？」

「是不至於讓人覺得粗野。只是，那並不是適合尤爾諾瓦公爵家這等名門的千金小姐做的事情。」

「既然如此，我就想去。米娜也一起陪同的話，就不會有危險了吧？」

「……遵命。既然大小姐都這麼說了。」

跟平常一樣面無表情的米娜點頭答應了。

當天晚上，在幫葉卡堤琳娜換上睡衣的時候，事情便全都安排好了。

「被評為技術最好的穆拉諾師傅的工坊，好像在師傅死後就關起來了，因此明天將帶您前往據說是在目前有經營的工坊中評價最好的地方。」

「……哎呀，好厲害。這麼快就安排好了，真令人開心。」

關於我家美人女僕太能幹這檔事。

就這樣，隔天葉卡堤琳娜便跟米娜一起搭乘馬車出門去了。

向管家格拉漢姆解釋了這次的目的之後，他便帶著微笑答應協助我們，所以這趟外出是瞞著阿列克謝進行的。仔細想想，我至今都是跟兄長一起搭乘馬車前往其他地方，雖然也有米娜同行，但心裡總覺得有些不踏實。

喂，一個奔三女是在不安什麼，我說這什麼不要臉的話啊！

上輩子都能自己一個人去吃拉麵甚至燒肉之類了，這算不上什麼吧！

唔嗯！葉卡堤琳娜就這麼在內心替自己打氣

馬車朝著與昨天跟阿列克謝一起走過的一帶有所不同的區域緩緩前進。這裡顯得更庶

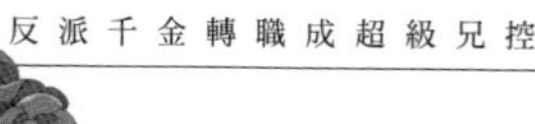

民也充滿活力，街道上充斥著有些雜亂無章的生活氣息。

比起貴族的馬車，更多的是載貨馬車來往的道路上，還有孩子們在四處奔竄。這裡有很多看起來像是工坊的建築物，也能聽見應該是在鍛鍊金屬的巨大聲響。

就東京來說，可能比較接近中小型製造業公司聚集的大田區吧？

但在巷弄裡又能見到有人甩著洗好的衣物，感覺就像往昔的香港，又或者也帶有一點義大利拿坡里那樣的風情。

到了在這些工坊當中相對大型的建築物前方，馬車便停了下來。那裡高掛著感覺還很新穎，而且做得格外精心的招牌，上頭寫著「蓋倫工坊」。

「這裡就是蓋倫師傅的工坊。」

米娜一說，便開了門俐落地下了馬車。牽過朝自己這邊遞過來的米娜的手，葉卡堤琳娜也跟著下了馬車。

「大小姐，請多加小心。」

對著朝自己叮囑的車夫回以微笑之後，葉卡堤琳娜便踏入了蓋倫工坊。

迎面而來的是一陣熱氣。工坊的深處有一座窯爐，可以看見裡頭竄著橘色的亮光，應該是在熔玻璃吧。另外似乎還有好幾個不知道用途為何的窯爐。在那四周，半裸的工匠們正忙碌地工作著。

在那些工匠之中，有個還很年輕，一臉溫和的青年，在發現兩人之後很快就走了過來。

「歡迎光臨，請問有什麼事嗎？」

「去轉告蓋倫師傅，先前有說過尤爾諾瓦公爵家的大小姐將要來訪。」

「公爵家的……非、非常抱歉，請您稍候一下。」

米娜這番話讓青年頓時語塞，朝葉卡堤琳娜瞥了一眼之後，便連忙進到工坊的深處去。

接著，一個應該就是蓋倫本人的男人走了過來。年紀應該是五十歲左右吧，是個有著一雙粗壯得嚇人的手臂，並腆著一個大肚子的大叔。

「哎呀，大小姐，您特地來到這麼髒亂的地方竟就為了造訪我蓋倫，真是感激。」

「嘿嘿嘿」的笑聲實在讓人覺得很鄙俗。

這個人真的沒問題嗎？

而且瞄來瞄去的是看哪裡啊，大叔？

米娜面無表情地看著還在笑的男人，並默默朝葉卡堤琳娜遞出扇子。葉卡堤琳娜也默默地接過之後，唰地張開並從嘴邊遮到了胸口。

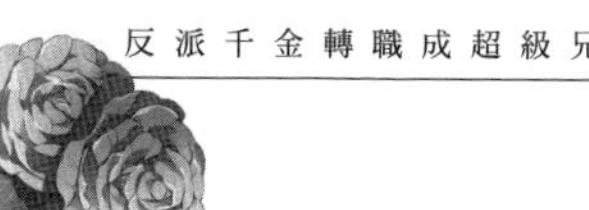

工坊一隅像是待客區的地方擺有沙發，葉卡堤琳娜跟米娜便在那裡與蓋倫面對面地坐著。

「先前說是想訂製特別的玻璃製品對吧。既然如此，那自然是輪到我蓋倫登場了。您想要什麼樣的東西呢？舉凡大的花瓶、擺飾盤，無論什麼我都能做給您喔。」

「我想請你做的並不是那麼大型的東西。只是外行人畫的圖真是不好意思，不過可以請你看一下這個嗎？」

一拿出昨晚給米娜看的示意圖之後，蓋倫露出一臉費解的表情。

「喔……請問這是什麼啊？」

「玻璃製的筆。」

「啊？筆？」

「是的。這是玻璃筆。」

沒錯，就是上輩子在部分愛好者之間有著屹立不搖的人氣，美麗的筆記用具玻璃筆。

這好像是明治時代一位日本的風鈴工匠所發明的，當時似乎爆發性地廣為流傳，但在原子筆之類的存在問世之後，就不再被拿來普遍使用了。即使如此，美麗的外觀以及書寫的韻味，讓喜歡玻璃筆的依舊大有人在。

皇國最普遍的筆記用具就是羽毛筆了。這種筆的外觀也很精美，但筆桿纖細又難拿，還只能吸取一點點墨水，筆記寫不到一行就得立刻浸泡到墨水壺裡才行，而且筆尖又很容易鈍掉導致無法書寫，所以更要用刀子削尖……實用性實在沒有很高。對二十一世紀的日本人來說可是一個麻煩透頂的東西。不，這個世界的人也覺得滿麻煩的。甚至連那個伊凡，之前都曾因為沒能替兄長大人的羽毛筆削尖到恰當的程度而不禁哀嘆。

所以，若是能在這裡重現那種玻璃筆，不但比羽毛筆更加實用，兄長大人也一定會喜歡。

然而……

蓋倫「嘿」地冷笑了一聲。

「我不知道您為什麼會想到這種東西，但我可沒聽說過什麼玻璃製的筆啊。您不知道玻璃這東西無法吸取墨水嗎？為什麼會覺得玻璃能拿來寫字呢？嘿嘿嘿。」

「要在筆頭的地方刻上溝槽呀，是要透過那個溝槽吸取墨水的。就跟羽毛筆透過筆桿吸附墨水是同樣的原理。」

這就叫毛細管作用。雖然是上輩子的名稱啦。

而且羽毛筆也不是透過吸取墨水的方式好嗎。

忍住煩躁的感覺，葉卡提琳娜拿著扇子朝自己搧了兩下。這時，她忽然發現師傅的身後有個正在注視著這裡的人。剛才招呼兩人的那個一臉溫和的青年，正緊盯著師傅拿在手

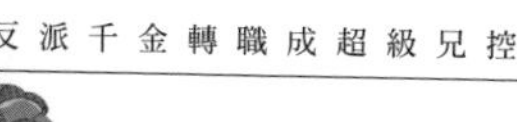

上的那張葉卡堤琳娜畫的玻璃筆示意圖。

蓋倫發現了之後，隨即朝著身後斥喝一聲。

「喂，雷夫！你這傢伙在幹嘛！」

「非常抱歉！」

被稱作雷夫的青年連忙回到窯爐那邊去。

「不好意思耶，大小姐。是我們家的年輕人太沒教養了。」

蓋倫又「嘿嘿嘿」地笑著，將葉卡堤琳娜的玻璃筆示意圖還了回來。

「總之呢，如果要訂製玻璃工藝品，我會替您準備最高級的款式。現在就拿來給您看看吧——喂，拿過來。」

看樣子他一點也不打算遵照委託的內容去製作，只想讓人訂購他自己的擅長做的東西。

見到感覺是他徒弟的年輕人們，正打算去拿要兩個人一起才抱得動，又重又大的花瓶過來，葉卡堤琳娜不禁在扇子的遮掩下嘆了一口氣。

「不用拿過來也沒關係。占用了你的時間真是抱歉呢。米娜，我們回去吧。」

「是的，大小姐。」

米娜站起身來。

「不不不，請妳等一下啊，大小姐。妳只要看了一定會喜歡的。」

蓋倫慌張地伸出手想抓住葉卡堤琳娜的纖手——然而那粗壯的手臂立刻被米娜白皙的手一個使勁推了回去。

她用低沉的聲音說：

「不要用你那雙骯髒的手碰大小姐。」

「妳說什麼，這個臭女人——呼咕！」

蓋倫想要甩開米娜的手，卻睜大了雙眼。那隻纖細又白皙的手文風不動，抓住自己手臂的力道就像虎鉗一樣不斷深深陷入。

直到他的骨頭都發出喀喀的聲音。

「唔嘎啊！」

蓋倫不禁揚起哀號。

在這段時間裡，葉卡堤琳娜便站起身，走到蓋倫的手無法觸及的米娜身後。

「米娜。」

「是的，大小姐。」

米娜隨手就把蓋倫拋了出去。

「各位，打擾你們工作了。祝你們安好。」

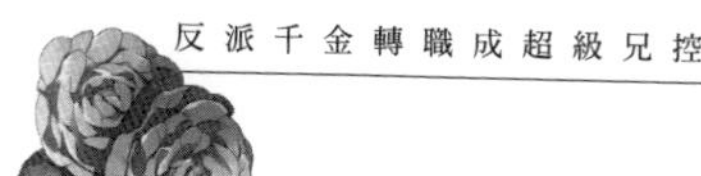

對著一臉鐵青地發顫的蓋倫，以及目瞪口呆的工坊工匠們微笑道別之後，米娜也跟在葉卡堤琳娜身後，兩人離開了蓋倫工坊。

「大小姐，非常抱歉。竟然讓大小姐見到那種傢伙。」

葉卡堤琳娜搭上馬車後，米娜並未跟著搭上去，就這麼站在外頭，狀似很抱歉地低下頭。

「這才不是米娜的錯。任誰也不會想到評價那麼高的工坊師傅，竟然那麼沒禮貌嘛。」

雖然我也覺得真虧那種傢伙有辦法享有這種名聲。

「那傢伙跟穆拉諾師傅比起來，似乎算不上什麼。但在那一位過世之後，他就成了皇國第一的工匠，應該是因此太自滿了。」

「喔喔，原來是這樣……」

也就是得意忘形吧。

「他應該有著一定的能力吧，我想也沒幾個工匠能做出那麼大的花瓶。但如此一來，他是不是就不擅長做些小而纖細的東西呢？」

他很有可能是基於皇國第一工匠的驕矜而不想說出自己不擅長。越是負面的情報就更應該明確地說出來喔，大叔。

還有，他一定覺得我們只有兩個女人一起去便小看了吧。即使身處二十一世紀的日本，時不時都會出現因為對方是女性就自視甚高的傢伙。何況這個世界男尊女卑的情形更加明顯。

「下次希望妳能找個擅長做這種纖細工藝品的工坊。」

「您還是想做那個玻璃筆嗎？」

「當然呀，米娜。我可不會這麼輕易放棄呢。」

不會因為一次兩次碰壁就放棄。這對社會人士來說是理所當然的道理。

「大小姐。既然如此，可以請您在這裡稍候一下嗎？」

「在這裡？」

「是的。」

雖然跟平常一樣面無表情，但米娜看起來似乎心裡有譜了。

「好啊，既然米娜都這樣說了，我就在這裡等吧。」

等待的人很快就出現了。

蓋倫工坊的一位工匠，那個被喚為雷夫的青年，看起來像在迴避同事們的目光一般，

從工坊裡走了出來。當他看到公爵家的豪華馬車就停在眼前時，不禁睜圓了雙眼。

「你有事要找大小姐嗎？」

依然站在馬車外面的米娜，用冷漠的語氣向他問道。

「對！呃，是的，沒錯。」

雷夫雖然抖了一下身子，還是立刻做足覺悟地看向米娜。

「那個，我希望可以再仔細聽您說一下……剛才您想訂製的那個東西。」

「你能做出大小姐想要的東西嗎？」

米娜果斷地問道。

雷夫用相當認真的表情回答：

「在沒有仔細聽過詳情之前我無法斷言。但是，我覺得自己做得出來……應該說，我想親手把那個東西做出來。」

在馬車裡面看見他那樣的表情，葉卡堤琳娜不禁露出微笑。

可以讓人感受到工匠的執著呢！

只要有個課題擺在眼前，便無法克制自己不去處理；被說是很難做出來的東西，就會廢寢忘食地一直思考製作方法。系統工程師也有工匠般的一面呢，所以這種心情我也能明白。

啊！所以說這個人身上也插了過勞死旗標嗎！

「你有空嗎？」

「對不起，我還沒辦法抽身，現在只是從工作中偷偷溜出來的而已。但如果可以再稍候一下，就有午休時間能夠利用了。」

米娜抬眼悄悄看了過來，葉卡堤琳娜也點了點頭。

「大小姐表示可以向你說明。」

雷夫深深地低頭致意。

「非常感謝。我名叫雷夫·納隆。」

雷夫說著「在這裡不太方便」這句相當中肯的話，隨即指定了一個地點，葉卡堤琳娜跟米娜便搭馬車前往。

抵達的地方也像是一間工坊，門口掛著大鎖關閉了起來。老舊的小小招牌上寫著「穆拉諾工坊」。

這也讓人領會了過來。雷夫原本應該是這裡的工匠，在師傅過世之後，便轉移到蓋倫工坊了吧。

「那個叫雷夫的人，應該是在這裡學習工藝的技能，所以說話的態度也比較有分寸。」

「是啊，那裡想必會接到很多貴族或富商的訂單，他感覺也很清楚該如何應對。」

兩人一邊等待，一邊聊著這些事，沒過多久就看到雷夫跑著前來。

「讓兩位久等了。我去借了鑰匙，兩位請進。」

一踏入其中，畢竟同為玻璃工坊，有著好幾座窯爐，感覺跟剛才的蓋倫工坊很像，但這間穆拉諾工坊的構造讓人覺得更有效率。所有東西擺放的方式甚至讓人覺得有種機能美。

之前聽說師傅是在前年過世的吧。但這裡並未蒙塵，空氣也不會沉悶。說不定雷夫有定期前來打掃。至於這種井然有序的氣氛，應該是這間工坊直到關閉之前，平時都有確實整理的關係。

對於製作物品的現場來說，環境整理應該是最重要的事情。所謂的「看板管理」，也是從物品要擺放在明確位置這點開始。

原來如此，看來穆拉諾師傅肯定是位優秀的工匠。

抽掉蓋在工坊一隅的白布之後，那裡果然有一組沙發，看起來比蓋倫工坊的還要高檔。雷夫也請葉卡堤琳娜跟米娜就坐，自己則與她們對視而坐。

接著，他用認真的眼神盯著葉卡堤琳娜遞過來的玻璃筆示意圖。

「要在前端刻出溝槽是吧。好幾個螺旋狀的溝槽。」

「對。如此一來，應該就能比羽毛筆還要吸附上更多墨水才對。」

「請問手持部分的設計可以做修正嗎？」

「只要能止滑，而且看起來是美麗的設計，怎麼修正都沒關係。你覺得如何呢？」

葉卡堤琳娜一問，雷夫抬起了原本看著示意圖的臉。

「由於是細長的外形，我想強度會是一大問題。尤其是這個前端。如果用一般的玻璃製作，只要力道強一點點就會產生缺角了吧。」

真不愧是專業人士。玻璃筆的弱點正在於脆弱的前端。

上輩子受到朋友影響而買的玻璃筆是用強化玻璃製作的，所以倒是不成問題。

「那麼，會難以製作出來嗎？」

「一般來說是如此——不過，可以請兩位看看這個嗎？」

雷夫站起身，掀開掛在附近櫃子上頭的白布，並從中拿出一個玻璃杯，跟昨天在餐廳用過的一樣，有著美麗的色調，並施以華麗的裝飾，然而高度比較低，是接近白蘭地酒杯的類型。

顏色是紅色的。我記得紅色玻璃比起其他顏色還要高價才對，因為必須將金溶入著色

劑之中。

拿著那個走回來的雷夫，接著在沙發組的桌子上方放開了拿著玻璃杯的手。

「！」

葉卡堤琳娜不禁倒抽了一口氣。玻璃杯撞上桌子，發出清脆的聲響之後稍微彈了一下，隨即滾落在桌面上。

雷夫帶著微笑說：

「別擔心，這個不會碎裂。」

他拿起玻璃杯遞上前，葉卡堤琳娜便接了過來，仔細端詳一番。上頭就連一道傷痕都沒有。

「穆拉諾工坊的玻璃杯不只是美麗而已，其特色在於即使掉落也不容易碎裂的強度。這是運用穆拉諾師傅獨自的加工方法而產生的強度。如果是細長的筆，我想依舊會比較容易碎裂，但強度還是會遠比用一般玻璃製作的方式來得好。」

「你知道那個加工方法要怎麼做嗎？」

「是的，師傅有傳授給我。這個玻璃杯就是我做的。」

聽了這句話，葉卡堤琳娜再次盯著玻璃杯仔細端詳。

雖然不知道要如何正確評價一個玻璃杯，但它的外形沒有一絲歪斜，厚度也很均等，

而且紅色的顯色豔麗，色澤並未看到偏差。

既然被允許拿高價的素材製作玻璃杯，師傅應該也認同雷夫的能力才對。

「雖然我不太懂玻璃，但做得相當美麗。技術真是了得呢。」

「謝謝您的稱讚。師傅的作品遠比這個更加厲害，但我的作品也有被認可以穆拉諾工坊的名稱問世。」

這樣啊。也就是說，號稱穆拉諾師傅的作品，但其實是整個工坊一起製作的。不知道這是不是常態呢？如此說來，上輩子也曾聽說過許多畫家林布蘭的作品，後來發現其實是林布蘭工坊的作品，有很多幅畫都是出自徒弟之手，各家美術館便展開重新鑑定辨明是不是他本人的畫作。

有很多美術館得知自己館藏的其實是徒弟的畫作而感到失落，我倒是覺得能教出這麼多徒弟足以畫出幾乎跟自己一樣程度的畫作，林布蘭也太了不起了，嗯。

當我想著這件事的時候，雷夫一臉嚴肅地說：

「但是，現在面臨一個問題。」

「哎呀，什麼問題呢？」

「這個強度的玻璃，就只有在這裡……只有在穆拉諾工坊才做得出來。要是可謂師傅技術結晶的那座窯爐沒有點火燃起，就沒辦法做出來。」

咦！

「這座工坊現在正要被賣掉了。因為師傅還留有債款……師傅雖然是個技術一流的工匠，卻不擅長經商。他還曾被騙過。所以當師傅一過世，工坊馬上就被搶走了。」

雷夫一副無計可施的樣子，盯著葉卡堤琳娜。

「但是，我想在這裡工作。我想在這裡做出只有在這裡才能做的東西。所以，大小姐，拜託您了。請您買下這座工坊吧！」

啊？

雷夫深深地低下頭去。

「無論是玻璃筆還是玻璃杯，只要是大小姐想要的東西，我什麼都會做出來給您，而且這絕對不會讓您吃虧的。人們還沒忘記穆拉諾工坊的招牌，用師傅傳授的這身技術做出來的作品，應該可以用一定程度的價值售出……呃，雖然我沒有經手過商業方面的事情，但我會努力的。即使給我很低的薪資，我也不在乎。所以，拜託了，請您拯救這間工坊。」

「怎、怎麼說呢？」

「要是買走的人不想做玻璃工坊，而是想經營別的工坊，師傅的窯爐就會被破壞掉了吧。如此一來實在太浪費了，那個東西具有很大的價值。世界上就只有那麼一座，有許

多美麗作品只有它能做出來，就是這種程度的存在。我很明白自己所說的是多麼荒唐的事情。但是實在沒多少人有辦法買下這裡。我想這一定是唯一的機會了。拜託您。大小姐，請買下這座工坊吧。」

「……」

不……我只是想來訂製個禮物而已耶。

竟然要我買下整座工坊？

這已經不是在買禮物，而是變得像上輩子那個叫專案計畫什麼的人氣節目一樣了好嗎！

回到公爵宅邸的葉卡提琳娜，立刻動身前去跟兄長商量工坊的事情。

然而，當辦公室就近在眼前時，我的腳步又不禁停了下來，就這麼站在走廊上一直沒有前進，腦中反覆想著同樣的事情。

為什麼會變成這樣？

雖然用上輩子的網路用語形容有點那個，但我現在覺得真心莫名。想不出其他說法。

事情到底為什麼會變成這樣啊！

我真的只是想著「希望能幫我做個玻璃筆這種東西」，為了訂購才會跑這一趟。

結果卻變成要買下整個玻璃「工坊」。

奇怪。不管怎麼想都太奇怪了。

自己說出「我什麼都不想要，只希望能一起去逛逛皇都」這句話言猶在耳，現在就想要這種程度的東西，即使是妹控兄長大人也會傻眼吧……搞不好還會被說教一頓。

……不，只要不買就沒事了吧。我也明白。

問了工坊的價格之後，換算成日幣的話要幾千萬圓。雖然我也覺得差不多是需要這麼一大筆錢沒錯。

但這可不是為了買一支玻璃筆要花費的金額。

要是去問問看其他工坊，或許同樣會有願意包工的地方。只要再去找就好了。

我也並非直接對雷夫斷言「那我就買下工坊吧！」而是說「我會考慮看看」。他雖然低頭說了好幾次「拜託您了」，但看樣子他自己也很明白這是件荒唐的事情。要是最後拒絕了，他應該會很失落，卻也只是僅此而已吧。

我自己也知道。

不過啊！

……我上輩子就是很喜歡嘛。

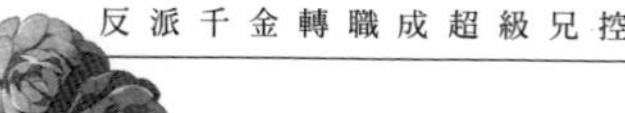

這種專案策畫之類的事情。

或是經濟相關的紀錄片節目。

像是行家的什麼本色，還有情熱的什麼大陸等。

比起電視劇，像這種紀實作品或紀錄片類型的……我更加喜歡啊。工匠的決心尤其正中我的紅心……

『我想在這裡做出只有在這裡才能做的東西。』

『有許多美麗作品只有它能做出來，就是這種程度的存在。』

咕唔！雷夫的發言超打中我的！

而且一說到跨越歇業危機的企業東山再起……之類的，更是正中我的點！是我最喜歡的類型！

啊，腦內循環播放起上輩子超大咖創作歌手熱唱的主題曲！

不，我已經夠明白了。意思就是要讓地上之星升上夜空對吧。

而且如果是尤爾諾瓦公爵家，的確買得起一座工坊……

但是——！

要幾千萬圓喔！而且買下工坊的意思，就跟收購中小企業一樣吧？

一個十五歲女生想要的是這種東西。太奇怪了吧。如此一來禮服或是寶石等根本都不足掛齒了。遠遠超過千金小姐的奢侈程度。

而且要是買了，就得經營對吧。這樣也會產生營運成本耶。到時候要是看到一整串紅字，不就更替尤爾諾瓦公爵家增加金錢上的困擾了？

有辦法做到那種事嗎？雖然以前是社會人士，但經營管理這種事情，即使是上輩子經驗值也是零喔。但既然要拜託說「讓我養嘛～～」就要好好照顧到最後啊！呃……啊，不是養，是買啦。

不，我別在這邊玩愚蠢的一人相聲了。

就像雷夫說的，勝算仍相當充足。

餐廳的店主摩爾先生也曾說過，穆拉諾師傅的作品價值現在持續攀升。這就代表即使不是師傅本人的作品，想買穆拉諾工坊作品的一定依舊大有人在。

而且還有雷夫。他能將工坊的作品，以穆拉諾師傅還在世時同樣的品質提供給消費者。

雷夫現在好像是二十二歲。他十歲進入師傅的工坊做學徒，據說隔年出師為工匠了。

聽米娜講，一般來說學徒都要花個兩年以上的時間才能畢業，而且皇國首屈一指的穆拉諾工坊所要求的程度又比一般工坊還高，然而他卻只花一年就出師，可見雷夫擁有極為優異的才能。他似乎也通過了公會的師傅試驗，有資格擁有自己的工坊。但他還是想待在

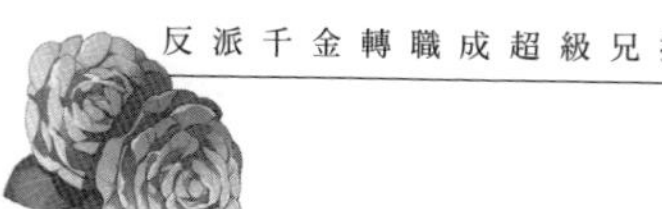

師傅身邊繼續磨練技術，所以才會留在穆拉諾工坊。

……這樣的經歷又更加擊中我了……雷夫，你是神射手啊。

總、總之！要向兄長大人以及公爵領地的各位幹部們做好簡報！

話雖如此，今天只是先試水溫。看看他們的反應，並設定好一個門檻，再跟雷夫一起思考解決那個問題的辦法。過幾天重新挑戰時再拿出真本事進行簡報。

首先要做的是蒐集情報。抱持這樣的打算，不要退縮地上吧。我要加油。

啊，腦內的音樂換歌了。頭髮亂糟糟的小提琴家開始拉起情熱的什麼大陸那個節目的主題曲了。

就憑著這股氣勢去挑戰看看吧。

看見妹妹來到辦公室，阿列克謝便露出微笑。

「葉卡堤琳娜，妳有什麼事嗎？」

「兄長大人……其實我有一個請託。」

「哦。」

阿列克謝那雙螢光藍的眼睛，不如說是感到歡喜一般亮了起來。

「無論是什麼事情，妳都先說說看吧。」

「那個……我有一個想要的東西。」

配合著垂下的視線，雙手也忸忸怩怩地擺動著，葉卡堤琳娜顯得緊張不已。

「真難得妳會有想要的東西啊。是什麼呢？」

「玻璃的……工坊。」

「工坊？」

「兄長大人，你還記得嗎？在你帶我去的那間餐廳，我看上了那個美麗的玻璃杯吧。後來我還是有點在意，就要米娜去調查了一下，這才發現做出那個玻璃杯的穆拉諾師傅雖然已經過世，但他的工坊似乎正在拋售中。我們找到一個想在那邊工作的師傅的徒弟，他說只要買下工坊，就能自由地做出像那個玻璃杯一樣美麗的作品了。所以我才會想買下來。」

「呵」，阿列克謝的嘴唇勾起了笑意。接著，他便揚起聲音笑了出來。

「妳就是這樣啊。我有說過妳自由的發想很卓越吧？我想到的是遍尋工匠的作品並買下來，然而妳卻是找出那間工坊，並讓對方往後繼續推出作品。」

接著，他的眼神便看向一旁的部下們。

「哈利洛，你去著手準備。欽拜雷，你把這件事當新事業處理——對了，葉卡堤琳娜是第一次見到欽拜雷嗎？」

「是的，初次見面，你好。」

看起來年約六十歲的清瘦男性站起身來行了一禮，大大的鷹勾鼻且頂著禿頭，一雙與其說是灰色更接近銀色的眼睛別具特色。看起來是個意志堅強的人物。

「我是艾梅利揚．欽拜雷，擔任尤爾諾瓦公爵領地的財務長。大小姐，久仰您的大名——但您本人還更勝謠傳呢。」

咦？我是被謠傳成什麼樣了啊，好可怕！

「欽拜雷大人，才第一次見面就讓你聽見我這樣的請託，著實讓我感到很過意不去。既然身為財務長，像這樣的浪費應該會讓你感到不悅吧。」

葉卡堤琳娜感到愧對地這麼說。然而欽拜雷卻像是聽見意料之外的話而睜大了雙眼，隨即笑著搖了搖頭。

「怎麼會說是不悅呢？與其說是浪費，對我這個財務長而言，這反而是令人充滿期待的事情。」

咦？期待？

「不過，竟然是穆拉諾工坊啊。不愧是大小姐，注目的地方就是不一樣呢。」

哈利洛得意地笑了起來。

「那位師傅的名聲永垂不朽。不但市場上的作品價格居高不下，要是親授的徒弟做出一定程度的作品並以穆拉諾工坊的名義問世，想必可以賣翻天吧。」

啊！做簡報時想要強調的重點被破哏了！

玻璃工藝品明明就跟尤爾諾瓦領地的商業沒有直接關聯，卻能如此瞭若指掌啊。哈利洛先生的市調能力實在太厲害了。在皇國的商品趨勢方面，該不會沒有這個人不知道的事吧。

「妳不用在乎賺不賺錢的問題。之所以說成新事業，也只是為了讓會計去處理而已，儘管讓工坊去做妳喜歡的東西就行了。」

阿列克謝露出寵溺的微笑。

呃，等等？

「那、那個，兄長大人。說出這種任性的話，真的讓我很過意不去。剛才雖然隨口就說出買下來這種話，但這所需的金額……就是……」

「妳連金額都確認過了啊？」

不，兄長大人，為什麼會因此莞爾呢？

況且在我說出金額之後，表情也完全沒變耶？這是為什麼呢！

「以皇都的工坊來說，這個價格是合理的嗎？」

「工坊裡應該都是專用於製造玻璃的設備，若想用在其他地方，便必須先破壞耐得住

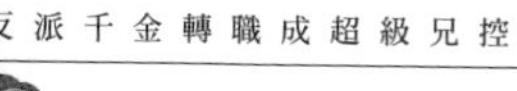

高溫的窯爐，會費上一大工夫，所以很難拋售才對。再請對方降低價格吧。」

不是，兄長大人、哈利洛先生，你們先等一下。

現、現在是怎樣？跟我料想中的發展不一樣。

我是來向大家做簡報的耶。我是抱持著兄長大人會對我感到傻眼的覺悟來的耶。

「玻璃製品也很有趣呢。我聽說原物料是白砂。搞不好公爵領地當中也採集得到。閣下的叔公大人艾札克博士應該很清楚吧。」

不是啊艾倫先生，你已經夠忙了，還給自己增加工作量是怎樣？

啊，但如此一來，原物料就能便宜買到，是不是也正好？……呃，不要馬上就想到這種小家子氣的事情啊！

不是啦，所以說給我等一下！我跟不上現在的狀況耶，難道已經決定好要買了嗎？

「那個，兄長大人！還請你以宗主的身分，做出沒有一絲偏袒的決定。提出這種難題的我，是不是太過任性妄為了呢？請你再考慮一下。」

「只要我還身為公爵，妳想要的東西就全都會是妳的。這不算是什麼任性。」

兄長大人一臉正經……

「不，兄長大人，請你別這樣說。你不該向我這種半吊子的人，說出可以實現所有願望這種話。」

人是會變的。要是我人格墮落，變成一個只想著揮金霍玉的傢伙該怎麼辦？

「妳別擔心，自然是有一個限度的。要是妳說想在皇都蓋個跟皇城一樣大的城堡住進去，我也只能因為能力不足而盼妳原諒了。」

這個人到底在說什麼啊，我聽不懂！那種程度不能叫做限度好嗎！

各位幹部——！拜託你們也對兄長大人說點什麼吧——！

「這應該用不著您擔心。倘若是大小姐，應該會說出更令人意想不到，而且格局壯大的任性話才對。例如想將玄龍養在庭園之類的。」

……等等，諾華克先生，我可沒有想要追求這種事。

拜託你向兄長大人諫言一下吧。

應該說，吐槽他好嗎？不要用裝傻回應裝傻啊。

現在是怎樣啦！小心我真的說出格局壯大的任性話喔！

上輩子搞笑藝人界的龍頭經紀公司！拜託火速讓大批吐槽菁英緊急出發轉生過來吧！

呃，我自己才是最裝傻的那個啦！

太奇怪了。畢竟兄長大人是妹控，那也沒辦法（沒辦法嗎？）但其他人的反應全都好奇怪。

現在是怎樣？難道妹控在這個世界是一種透過空氣傳染的疾病嗎？

「難不成祖父大人說過想將玄龍養在庭園的這種話？」

「那位大人偶爾會說出類似這種讓人不知道該如何應對而苦惱的事情呢。」

……我聽懂兄長大人跟諾華克先生的對話了。其他人也仍處於祖父大人愛的餘波之中呢。因為是想法相當自由奔放的祖父大人可能會做的事情，不如說他們倒覺得很歡迎。

另外，也是啦，長年以來大家都習慣臭老太婆那樣愚蠢的揮霍了，工坊尚有投資報酬率可以期待，因此搞不好是被分類到正當購物的一環……

換、換個想法好了。

目的是開發玻璃筆！專案計畫什麼的主要議題才正要開始！

原本還覺得可能會趕不上兄長大人的生日，這下搞不好不用擔心了呢。好好努力，讓兄長大人感到開心吧。

我也不認輸，會繼續窮極兄控之道——！

雖然我也不知道這算哪門子的對決啦！

「那麼，妳應該玩得很開心吧。」

週末過後，從女生宿舍走到教室的一路上，葉卡堤琳娜都在描述關於自己被問到，跟兄長一起出門玩那天的事。芙蘿拉聽了也帶著微笑這麼回應。

「是啊！兄長大人一直護送著我。那可真是非常開心的一天呢。」

葉卡堤琳娜雀躍不已地答道。

只是隔天發生的事情太令人衝擊，也讓我覺得跟兄長大人約會的印象變得有點淡薄……

但確實是非常美好的一天，沒錯！

「葉卡堤琳娜小姐跟妳的兄長大人感情真的很好，看著連我都覺得開心了起來。」

啊～～美少女的笑容真是治癒人心。

芙蘿拉真的是個好孩子。妳同樣無依無靠，就算會對儘管只有一人，但身邊依然有家人陪伴的我產生嫉妒也不奇怪，卻連一點這樣的想法都沒有。

而且在皇都土生土長的芙蘿拉，每逢週末都會回到領養自己的男爵夫婦家中，向很會下廚料理的夫人學習適合做成午餐的料理食譜。

「這個週末要一起來宅邸喔。薔薇依舊綻放得很美麗呢。」

「好的，謝謝妳。竟然邀請我到公爵家的宅邸玩，實在讓我相當期待。」

芙蘿拉打從心底開心地這麼說。

沒錯，畢竟是難得的薔薇賞花季節，而且在考試中能取得一二名的成績，也都是多虧

了我們一起念書的成效，於是我就約芙蘿拉到皇都的公爵宅邸來玩了。

「而且大家也都會一起參加，想必相當熱鬧，也會玩得很開心呢。」

瑪麗娜她們聽說我約了芙蘿拉，紛紛說著「好羨慕呀！」於是當我說了「各位也一起來吧」之後，想參加的人數又增加了，現在已經是「只要想來任誰都歡迎」的狀態。是以一口氣演變成班上幾乎所有人都會來，聲勢壯大到連別班的同學也會來參加的樣子。

畢竟是皇帝陛下欣賞過的薔薇園，對大家來說，或許只要有機會，當然就會想親眼目睹吧。

雖然我覺得這樣會給才剛結束行幸這一項大型活動的宅邸人員們帶來負擔，並感到很過意不去，但管家格拉漢姆帶著燦爛的笑容表示，通常在尤爾諾瓦公爵宅邸舉辦的「小型」派對，總會招待比一整個班級還要更多的嘉賓，所以這點程度隨時都沒問題。

我們家好厲害啊——事到如今，我還在感嘆什麼？

接著在那隔天，便要在穆拉諾工坊跟雷夫會面。

昨天兄長大人很乾脆地答應買下穆拉諾工坊，因此要趕緊通知雷夫一聲。報告、聯絡、商量就是該迅速且確實執行。

根據前去通知他的米娜所說，雷夫與其說是感到欣喜，似乎更像是一副茫然的樣子。

嗯！那種心情我很懂喔！……我到現在也還覺得有點茫然呢……

總、總之，在週末之前，哈利洛先生的部下便會跟持有穆拉諾工坊產權的金融業者聯絡，速速地將工坊買下來。接著就要請雷夫離開蓋倫工坊，回到穆拉諾工坊工作。週末的時候，我便會正式跟他討論關於製作玻璃筆的詳情。

……在讓兄長大人花了一大筆錢買下的工坊做出禮物……呃，感覺有點微妙耶。但那畢竟是這個世界沒有的稀奇物品。做出這個禮物之後，就要進行商品化，也得請雷夫努力讓工坊轉虧為盈。

總覺得好像要開始忙起來了，但一旦是為了兄長大人，要多努力都不成問題！

就這樣，一星期轉眼間來到了週末。

在皇都的尤爾諾瓦公爵宅邸裡的薔薇園之中，大概有四五十名少年少女來來往往，紛紛揚起感嘆誇讚盛開的薔薇。

「就連吹來的風都帶著滿滿的薔薇香氣呢！」

雀躍地這麼說著，瑪麗娜做了一個深呼吸。同行的芙蘿拉跟奧莉加也都「呵呵」地笑著，並一樣做起了深呼吸。

「真是美麗的庭園呢。我還是第一次一口氣看到這麼多種類的薔薇。無論噴水池還是

涼亭全都相當優雅，簡直就像夢幻國度一樣。」

「大家玩得開心才是最重要的。」

聽芙蘿拉高興地這麼說，在陽傘底下的葉卡堤琳娜也露出微笑。

說到這把陽傘，原先是米娜理所當然一般張開替我撐著，但我堅持要自己拿，這才接了過來。幫忙撐傘也太嬌生慣養了，有點丟臉，拜託不要這樣。

「跟我們家可是天差地遠了呢。說到我們家的庭園幾乎是馬廄，要是做了個深呼吸，只會聞到臭……噗！」

在瑪麗娜的哥哥尼古拉在她身邊才語帶感慨地這麼說到一半，就因為對準心窩的一擊而咳了起來。

「在這麼漂亮的地方，你是差點要說出什麼話來啊？早知道還是要把兄長大人用草蓆捲一捲丟在家裡就好了！」

「不要脫口就說什麼草蓆啊，白痴！妳是還有沒有裝乖的打算啊？如果是老媽，即使在揍了一拳之後也會『呵呵呵』地笑喔。」

「還不都是兄長大人說那種沒品的話！你這個妖怪剝皮貓！」

雖然這是個魔獸跟魔物實際存在的世界，依然有著不見得真實存在的想像中的生物，便會稱作妖怪。

不過剝皮貓能不能說是想像中的生物還有待商榷就是了。

另外，尼古拉之所以會一起待在這裡，是因為阿列克謝對他說「有空的話你也一起來吧？」提出邀約。似乎是考慮到「他應該會擔心那個感情好到可以吵架的妹妹吧」這一點。

「我們家也有馬廄喔。尼古拉學長，若是比起賞花你對那邊更有興趣，也歡迎去看看馬匹們。既是習武之人，對槍劍等是否也會有興趣呢？我們家自從始祖流傳下來的武具也能參觀喔。」

因為知道阿列克謝很難得會親自邀請同學來，葉卡堤琳娜也幹勁十足地招待尼古拉。

「那真的很值得看一下呢。我也好久沒去看了，真想參觀一下。」

聽到問題人物的發言，葉卡堤琳娜難以忍下抽動的嘴角。

你為什麼會混進來啊，皇子——！

你前陣子才剛仔細參觀過我們家的庭園而已吧，皇子殿下混在同學們之間，一起搭克雷蒙夫家的馬車過來，也太奇怪了吧！

不過當我看到克雷蒙夫家的馬車抵達公爵家時，四周還有四位皇國騎士團的騎士在戒備的瞬間，就猜測到搞不好是這麼一回事了。

當我聽到那個跟在一臉難以言喻的克雷蒙夫兄妹身後走下馬車的皇子，若無其事地招

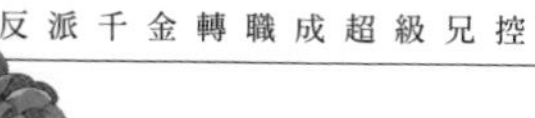

呼著「嗨」的瞬間，都想盡全力吐槽「為啥啊！」了喔！

雖然我是有說過「請各位盡可能一起共乘馬車前來喔」，但那是因為貴族之間也有經濟能力的差距，並不是每一家都在皇都持有自己的馬車，所以是將「家裡有馬車的人要讓沒有的同學一起搭乘喔」這句話厚厚地包裝起來而說的喔。那意思並不是在暗示你「搭皇室的馬車來會太明顯所以要微服過來」好嗎。

你要來的話得先講，必須準備好完整的警備態勢才行啊！

……拚命忍下內心這樣的嘶吼，葉卡堤琳娜露出閃亮動人的微笑。

「哎呀，米海爾殿下曾參觀過嗎？」

「嗯，以前有看過。當你的祖父大人還在世時，某次我跑來找阿列克謝，他就帶我去參觀了。」

果然是祖父大人那個時候啊。

這時，米海爾說話的語調忽然間壓低了下來。

「……葉卡堤琳娜，我突然跑來真是抱歉。但我想說如果是這裡，警備也很森嚴。我一直都很想輕鬆地跟大家一起四處閒逛一次看看。」

唔……

是、是沒錯。你天生就是皇家王子，我也明白即使一般的貴族子弟可以輕鬆地外出晃晃，但你的身分就是不太能有這樣的機會。

現在的學生身分是你最輕鬆的立場，況且今天公爵家也是以「歡迎所有人前來」的原則招待大家，因此對你來說是一次難得「跟大家一樣」的機會吧……？

這麼說來，你的父親大人，也就是皇帝陛下在學生時代為了追到心儀的女性，曾在祖父大人的協助之下一起到餐廳用餐，因此說不定只要是在某種程度上安全的地方，皇子也能趁著學生時代四處走走閒逛嘍……？

「再說了，上次妳都被母親大人霸占走了嘛。我也想再多跟妳聊聊。」

咦，為什麼？

我聽皇后陛下講了許多跟外交及貿易有關的事情，覺得獲益良多耶。如果你也想知道那些事情，直接去跟皇后陛下說不就得了？

面對露出微笑的米海爾，葉卡堤琳娜只是不斷在腦中浮現問號。

「哎呀。葉卡堤琳娜小姐，管家似乎……」

啊！對耶！

芙蘿拉這麼一說，葉卡堤琳娜馬上反應了過來。

明明是我這邊要下指示才行，差點就忘了。不愧是格拉漢姆先生，真會挑時間。

保持在不會太近也不會太遠的最佳距離，格拉漢姆以身為管家的完美角度行了一禮，葉卡堤琳娜也對他露出飽含謝意的微笑。

「格拉漢姆，茶飲都準備好了嗎？」

「是的，大小姐。」

「那就上給各位享用吧。給男士們的茶點請準備多一些。」

「遵命，如您所意。」

銀髮的管家行了一禮，隨即舉起單手作為信號，在宅邸附近待命的女僕及服務生們便整齊劃一地展開行動。他們將桌椅搬到草地上，鋪上純白的亞麻布之後，像是裝飾般一一將盛著點心的大盤子跟茶具組擺了上去。

目送管家漸漸從他們身邊退開之後，奧莉加感嘆地呼出一口氣。

「真不愧是尤爾諾瓦家這種程度的名門，就連管家的品格也特別不一樣呢。」

「簡直就是理想中的管家呢。我聽說有些家世代代擔任名門管家，難不成他也是出身自那樣的背景嗎？」

瑪麗娜投以試探般的視線，葉卡堤琳娜則是搖了搖頭。

「格拉漢姆並非出身自什麼世家。對我來說，格拉漢姆便像是一直待在我們家並保護著的守護精靈一般喔。他就是這麼可靠。那麼，各位。天氣這麼晴朗，是不是也覺得口乾了呢？這裡準備了野薔薇花茶，還請各位品嚐看看吧。」

品茶過後，接著以自助餐的形式提供了午餐，儼然成了一場簡單的花園派對。

這對於成為尤爾諾瓦公爵家女主人的葉卡堤琳娜來說，最適合用來演練如何舉辦一場派對了。葉卡堤琳娜只是找格拉漢姆商量「能不能帶一大群朋友來家裡」而已，他卻給出了這樣的提議，真不愧是老練的管家。

這應該是自己要想到的事情對吧。自己在家政方面的能力還真是低落到令人難堪耶，可惡。不同於念書及事業的這個領域，無論就知識跟經驗來說，自己都太匱乏了。

正因如此，才更要努力。

「這個小小一塊的派真是十分美味呢。難不成平常兩位拿給公爵閣下的午餐，就是這樣的東西嗎？」

「是呀，這是契爾尼男爵夫人傳授的食譜喔。我們家的廚師也深感佩服，因此就請夫人讓我們拿來料理了。」

一跟大家說其實契爾尼男爵夫婦是祖父謝爾蓋的同學這個軼聞之後，同學們看待芙蘿拉的眼神也都明顯改變了。真不愧是擔任過宰相及主要大臣的祖父大人，就連在現今年輕人之間的知名度也不是蓋的呢！

而且跑來找芙蘿拉聊天的學生也變多。有些人稱讚派的美味，有些人也想了解一下食譜，再也不見霸凌的跡象了。

「剛才在茶點當中品嚐到的，做成薔薇形狀的餅乾真的好精緻呀，也相當美味可口。想必是公爵家傳統的點心呢。」

「我每年都會來這邊，但還是第一次吃到那個。我想應該是下了新的工夫……葉卡堤琳娜，薔薇餅乾真的精緻又美味，很受大家喜愛喔。」

「能合各位的胃口真是令人開心。那是廚師的新手藝喔。」

其實，這也是以上輩子長期暢銷的甜麵包為靈感，進而請廚師做出來的。真不知道那個品名當中為什麼會有餅乾二字呢～～而且熱量還爆表。但真的很好吃。這次的餅乾只有模仿那個外型，點心本身真的是餅乾，不過廚師加上公爵家傳統的薔薇果醬作為點綴，完成了這樣絕品。

順帶一提，公爵家也確實有著另一種傳統點心，是加了薔薇果醬，做成一個小小圓形像是甜甜圈那樣的點心。雖然出乎意料地樸素，但這也正因為我家是很有歷史的家世嘛。這款點心也很好吃。

一邊回應著一個接一個前來搭話閒談的同學們，也一邊顧慮著在待比較遠的地方正感到困擾的人，雖然是初學者，葉卡堤琳娜仍努力盡到女主人的本分。

至於米海爾一直都待在身邊這點，一開始雖然還想說「拜託放過我吧」，但他在面對這種場合上前攀談的人時，應對方式真不愧對皇子這個身分。當好幾個人同時找葉卡堤琳娜談話時，他也會給予恰當的協助，反而很令人感激。

尤其是當有男生過來搭話，幾乎都是米海爾在應對的，也讓葉卡堤琳娜感到很佩服。太厲害了，皇子。你要不是毀滅旗標的化身，我甚至希望你每次都來了。

不過，芙蘿拉同樣一直在我身邊，他們在不知不覺間越聊越親近，這樣也好吧。為了支持這兩人的戀情，搞不好真的每次都要邀請他來了。

說到每次都希望能來的還有克雷蒙夫兄妹。雖然他們今天也是很要好地在吵架，但只要他們待在那個地方，場面就會溫暖起來，散發出令人舒坦的氣場。受到那種氣氛的吸引，圍在他們周遭的人也是絡繹不絕。只要有他們在，感覺大多活動都能成功舉辦。

……但說到最厲害，又或者該說反倒令人佩服的，還是妳們呢。

對馬三人組！

因為行幸還有考試等事情，害我幾乎都忘記她們這號人物了。不過，真虧妳們也來參加耶。生命力真是驚人。

不過，她們吃得真是津津有味，然後還會逮住傭人抱怨東抱怨西的樣子。不喜歡這個口味就不要吃啊，要抱怨就歡迎來到凡爾賽！不是啦，就直接跟我講啊。雖然這麼想，但

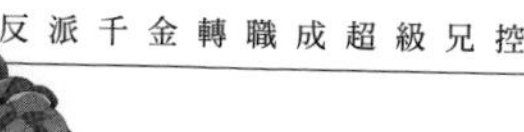

只要跟她們對上眼，三人馬上就會抖一下並乖乖閉嘴了……

少年少女們，尤其是在少年們旺盛的食欲之下吃光午餐之際，即使是再美麗的薔薇園，似乎也看到有點膩了，氣氛便跟著閒散起來。

正當我想著時機差不多的時候，庭園中竄過了一股緊張感。

宗主阿列克謝現身了。

身形修長的公爵踏著悠哉的腳步，緩緩走向葉卡堤琳娜、芙蘿拉及米海爾他們幾個同學聚在一起的草地一隅。明明沒有任何人揚聲宣告他的登場，所有人的目光卻都被他牽引了過去。

這是何等魄力。真不愧是兄長大人。

以高中生來說，最高年級生跟新生相比之下，本來就有種大人跟小孩的感覺呢。同為三年級學生的尼古拉學長，在體格及沉穩的態度方面，感覺都比跟我同年級的男生們還要高上好幾階了，與兄長大人之間的差距又是拉得更遠。

阿列克謝站在妹妹跟米海爾面前行了一禮。

「米海爾殿下，歡迎您的前來。」

「我聽說今天有這樣的活動就突然跑來打擾，真是抱歉。」

這時，米海爾朝著葉卡堤琳娜瞥了一眼，這才重新面向阿列克謝，並露出親切笑容。

「似乎有很多男生會來，所以我也想來參加。何況薔薇相當美麗。」

「……」

阿列克謝瞇細了螢光藍的眼睛。

就像是蟲子說要來驅蟲一般的心情……話雖如此，礙於身為臣子立場的這番真心話，似乎都表露無遺了。

當他勾起有點薄的嘴唇時，那抹笑容看起來莫名給人一種猙獰的印象。

「聽說您對我們家的武具深感興趣。也差不多對賞花感到滿足了，我這就帶您參觀。」

「若是得占用到你的時間就太令人過意不去了。我本來是想說，由其他人代為替我們介紹也沒關係，但有辦法完善替代的應該也只有家族的人了吧。」

「唯有宗主足以向皇子殿下介紹，不可能假以他人。」

兩人的笑容都沒有一絲動搖。

「那麼，男生們就一起行動吧。謝謝，再麻煩你了。」

……啊，我這樣真的不行。

看著眼前的兩人，葉卡堤琳娜的臉上依舊帶著和顏悅色的笑容，卻在心裡嘆了一口氣。

雖然察覺兄長大人跟皇子之間的交談話中有話，卻無法理解箇中的意義。究竟在說些什麼呢？想看武具這句話是暗指什麼嗎？皇家跟貴族之間的對話好深奧啊。

然而事情跟本人所想完全是不同方向，這也讓葉卡提琳娜顯得格外遺憾。上輩子在這方面就是所有朋友一致認同的遺憾女，也不知道這樣根深蒂固的遺憾思考能不能迎來改善的一天。

「葉卡提琳娜，那就晚點見。」

「還請盡情參觀。」

目送的米海爾背影看起來有點被趕鴨子上架的感覺，為什麼啊？葉卡提琳娜不禁在內心感到困惑，但很快就拋諸腦後了。這是因為原本跟米海爾一起離開的阿列克謝又走了回來，並近距離靠上身體對她低語：

「我聽格拉漢姆稱讚妳盡顯女主人的風範。明明是第一次，妳卻做得很好呢。」

接著他就在稍微彎下身，將臉靠在妹妹耳邊的狀態下，露出寵溺的微笑。葉卡提琳娜身後的千金們受到流彈波及，不禁「唔」地沉吟著，臉也紅了起來，葉卡提琳娜則是喜上眉梢。

被稱讚了耶，好開心！不，正確來說是被格拉漢姆先生稱讚。但經由兄長大人轉達，那份喜悅就更加倍了！好，即使是不擅長的領域也要加油～～！

「女士們就交給妳接待了。不只是那件事，宅邸裡的所有東西，都能隨妳處置。」

「非常感謝你，兄長大人。」

那麼，便來展開女生的祕密活動吧。

「在男士們去參觀武具的期間，各位要不要也來看看淑女的武器呢？」

像這樣邀請了女生們之後，葉卡堤琳娜便進到宅邸當中。帶她們一行人去的地方，是寬敞到足以舉辦小型派對的大廳。

當葉卡堤琳娜一打開那扇門……

「哇啊，好厲害！」

「太驚人了，多麼豪華啊！」

女生們齊聲揚起歡呼。

以前儂娜帶我來看過的大廳中，今天也擺滿了豪華的禮服。但那天緊閉著的百葉窗現在全都打開了，室內顯得很明亮，空氣也很清新，穿在人體模型上的禮服看起來既迷人又華美，完全感受不到任何恐怖的感覺。

「這些是祖母遺留下來的禮服。」

「這就是那一位的……！」

這麼一說大家便心裡有譜，可見臭老太婆對於服裝的嗜好在貴族社會是人盡皆知。也是啦，設計師卡蜜拉小姐同樣說過她很有名了嘛。

「葉卡堤琳娜小姐，請問可以靠近一點看嗎？」

「當然呀。而且，各位若是不介意的話……」

環視了女生們一圈，葉卡堤琳娜用大家都能聽見的聲音清楚地說：

「要是有看到喜歡的禮服，都可以帶回去，沒關係喔。」

「！」

所有人雖然都沒有出聲回應，但能感受到熱烈的心情。

「祖母生作皇女，並下嫁到我們家來。以這樣的身分來說，禮服這種遺物應該要分讓給親近的人們才對。在葬禮結束之後也確實曾這麼做了，然而仍有這麼多件禮服留在這裡。想必也有人耳聞祖母是位相當注重時尚的女性。對於這樣的祖母來說，若是自己的禮服能夠替肩負起皇國未來的各位千金培養感性，想必也是得償夙願吧。」

才怪——！我想她一定會在九泉之下怒吼著：「我的禮服怎麼可以淪為男爵千金的東西，絕不輕饒！」

但就是這樣才好！

有種就像某貞子一樣爬出來啊，沒在怕的啦，臭老太婆。看我用土屬性的魔力再把妳埋個徹底。

「今天有這麼多千金齊聚一堂，想必也是祖母的牽引。如同各位所知，學園到了第二學期就會舉辦舞會了，這些禮服若是可以成為各位屆時服裝方面的參考，我也會感到很開心。雖然都是一些比較舊的款式，但以此為基底再加入現今流行的要素也很有趣吧。歡迎各位以各式各樣的形式加以運用。」

說穿了，要拿去賤賣也可以喔。即使是貴族，依舊有各種苦衷，應該也有生活過得貧苦的人家才對。

要是我們家自己拿去賣掉，最喜歡老太婆的尤爾瑪格那宗主格奧爾基不但肯定會緊咬著兄長大人大吵大鬧一番，還會產生「尤爾諾瓦是不是在財政上有困難」、「是不是對皇室的忠誠心不足」之類的無謂臆測，那可就不好了。不過這樣送出去的話，收下的那一方打算如何運用就是個人的自由。

另外，好像也有將遺物賞賜給侍女們的習慣。原以為那些侵占了要支付給往來業者貨款的傢伙，會將所有遺物統統拿個精光並一個個拋售掉，然而他們都沒有對祖母的東西出手。從儂娜的態度看來，這些羅列於此的禮服跟珠寶飾品，對他們來說應該就是祖母的化身。他們或許覺得只要這些東西仍擺在這個家裡，自己做起事來就能跟祖母還在的時候一

樣。怎麼可能啊。

「各位請先看看，如果有喜歡的，也可以試穿喔。我們家的女僕會從旁協助。」

說著，我便伸手朝著出現在女生們身後的幾名女僕示意。包含米娜在內的女僕們一起行了一禮。

畢竟有尺寸問題，能不能真的穿上去也要看個人就是了。看是要從人體模型身上把禮服拿到身前比對，或是確認服裝顏色跟肌膚合不合襯等，有很多可以做的事情喔，嗯。

另外，光是從這裡的禮服看來，那個老太婆一生中身材的尺寸都沒有變過，維持得很好的樣子。唯有這點，雖然是敵人我還是送上一句佩服啦。唯有這點就是了。

「哎呀，但是……」

「這、這該怎麼辦呢……」

雖然感到猶疑，女學生們還是不禁偷瞄著周遭其他人的舉動。好啦，要怎麼推她們一把呢？

我才這麼想，某三人組就興沖沖地跑進大廳裡。

生命力真的很強韌耶，對馬三人組！

「哎呀，珍珠！竟然縫了這麼多顆真正的珍珠！」

「這可是虹彩絲綢！就跟聽到的傳聞一樣，散發七彩光輝……我還是頭一次看見呢！」

「天呀，哪一款才是最貴的呢？」

……妳們的本性都表露無疑了喔。

但是，這樣大家也不用再顧慮了吧。嗯。

葉卡堤琳娜環視了其他女生，並笑著朝大廳伸出了手。

「那麼，各位也請進來看看吧。」

戰鬥開始，鏘鏘鏘！（銅鑼音效）

女高中生們一邊尖聲討論著，全都圍在華麗的禮服旁邊。有些人一面尋找適合自己的禮服而在大廳徘徊，但雙眼看起來都閃閃發亮；也有人一起熱討論著適合什麼款式，或是幫對方挑選，並說著「真的適合妳，就是該選這件喔！」之類的話，互相推薦。

我懂。該怎麼說呢，就是跟朋友一起去買東西的時候，只要對方一有點猶豫，便會說著「很棒啊買下去啦！」盡全力推薦的那種想法。

而且，我一開始看見這些禮服的時候，總覺得像是凝聚了臭老太婆的怨念，感到很可怕。但現在見到女生們這麼開心地讚美著它們很華麗又很漂亮，並為之陶醉的身影，又會覺得就像是寶物一般。這應該也是這些禮服的夙願吧。

年輕又開朗的女生們，其生命力在禮服大清倉的狀態下燃燒得更加旺盛，是以臭老太婆的怨念那種東西一瞬間就被消滅散去了吧。可謂大清倉淨化。哇哈哈。

腦中一邊想著這種事情，葉卡堤琳娜正站在大廳深處的一隅，眺望著大家的身影。這時芙蘿拉來到了她的身旁。

「大家看起來都相當開心呢。」

「是啊，真是太好了。」

但芙蘿拉不去挑選禮服嗎？不過她確實也不是會因為這種東西卯起勁來的類型啦。

「……芙蘿拉小姐，這樣讓妳感到不悅了嗎？」

「咦？」

「這感覺就像在炫富一樣嘛。現在大家的確很樂在其中，但不知道她們心裡是否其實也覺得很複雜呢？」

無論再怎麼富裕，每個星期都訂製新禮服也未免太奢侈了。

如果這個世界的社會結構就像上輩子的近代歐洲或是日本江戶時代那樣，即使不是禮服，衣服本身的價值便應該高到上輩子處在平價時尚全盛期的自己難以想像的程度。庶民要買件新衣服就是一項奢侈了，買二手衣來穿或許才是理所當然的。

這裡沒有人造纖維，也沒有能用石油自在地做出來的聚酯跟尼龍。

棉、絲綢、羊毛、麻布。花費時間跟精力去培育，再花費時間跟精力，將這些一年只能採收一次的原物料製成纖維，編織成布，才能做成衣服。每一個環節都是仰仗人力。即使不過是件衣服，也要耗費龐大的勞力，才總算有辦法完成。

縱然是比絲綢還便宜的棉，應該也比上輩子來得貴重才對。我曾聽說過上輩子在發展中國家生產的棉花使用了相當多的農藥，要是不那麼做，生產量跟品質都會無法滿足標準，那麼在這個可能連農藥都尚不發達的世界，生產量比上輩子還要少也是理所當然的。

雖然魔法學園裡全是貴族，但只要有爵位就會被要求更高的生活品質，因此似乎也有很多揹著龐大負債以維持門第，經濟狀況岌岌可危的貴族。這種家世的孩子看到這樣如山的禮服，心情應該會很複雜才對。說穿了，內心或許會覺得很火大。

「怎麼會說是炫富呢？大家都知道葉卡堤琳娜小姐沒有那個意思，更不會感到不悅。」

芙蘿拉如此斷言。

謝謝，妳真是個好孩子。

「葉卡堤琳娜小姐，妳剛才有提到第二學期的舞會對吧。家中並不富裕的同學們，大家都是現在就開始苦惱準備禮服的事情了。如此一來，那些同學便可以放心度過學園生活。葉卡堤琳娜小姐這一番體貼的心意，大家心裡想必都很明白。」

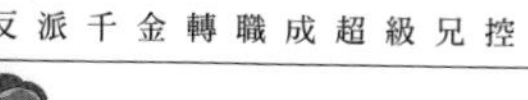

真是個好孩子……

但我並不是基於體貼，只是覺得老太婆的禮服很礙眼而已，而且上輩子日本的平等意識已經根深蒂固了，所以看到只有一部分有錢人在享受打扮，總覺得過意不去，因此才會想到乾脆把這些禮服送出去，讓大家都能在重要場合盛裝打扮不是很好嗎？只是與此同時也擔心著這樣做是不是很像我們家在炫富一樣，令人感到不開心就是了。

畢竟不是每一個人都像妳這麼純真，在心中應該都會有各自的想法，不過能聽妳這樣講，依舊讓我覺得很高興。

「謝謝妳，這番話讓我覺得很開心。芙蘿拉小姐，妳有沒有看中哪一件禮服呢？」

「請別費心。我這個人簡簡單單的就好了，不用特別追求門面。」

「呵呵」地芙蘿拉輕笑了兩聲。

嗯，我就知道妳一定會這麼說。

所以，我事先選好一件適合妳的禮服嘍。

「哎呀，這邊還有禮服呢。看來是忘記把布掀開了。」

這麼說著，葉卡堤琳娜掀去覆蓋上頭的布巾之後，展現出藏在底下的禮服。

那是件以白色為基底，款式清純的禮服。基本版型很簡約，但像是百合一樣展開的雙手袖口、裙子以及衣襟的地方都層層疊了用銀線織上的精美蕾絲，而且蕾絲上頭四處以小顆的海水藍寶石作為點綴，看起來閃閃發亮。

雖然這裡還有好幾件款式更豪華的禮服，但不知為何這件就是讓我印象深刻，我想應該是剪裁非常漂亮的關係。像是裙褶或是越加寬敞的袖口線條之類，看起來就是用最美的形式縫製而成的。

「哎呀，這件禮服簡直就像是為了芙蘿拉小姐而存在一般。只要稍微修改一下，將海水藍寶石改成與芙蘿拉小姐的髮色相襯的裝飾，就很完美了呢。」

一邊想著即使這麼說應該也會被她看穿，葉卡堤琳娜對芙蘿拉投以微笑。

然而芙蘿拉像是沒聽見葉卡堤琳娜說的這些話，只是一臉愕然地盯著那件禮服看。

「是母親的……！」

「咦！」

「我想，這是我的母親縫製過的禮服。因為她說過這個蕾絲相當昂貴，得小心一點才行，縫製時也比平常還更加謹慎，所以讓我印象非常深刻。」

對耶，芙蘿拉的媽媽曾是縫紉女工。

也就是說，這件禮服是芙蘿拉的媽媽縫的嗎！

真的假的！

葉卡堤琳娜不禁牽起芙蘿拉的手。

「芙蘿拉小姐，這件禮服果真是為了芙蘿拉小姐而存在的呢。這件禮服更應該由妳帶回去才行。畢竟，這可是妳的母親大人精心縫製的禮服。它一直在這裡等待芙蘿拉小姐。」

「葉卡堤琳娜小姐……」

「妳的母親大人是位做工非常精細的人呢。這件禮服就是顯得格外美麗呀。」

「葉卡堤琳娜小姐！」

那雙像是紫水晶般的紫色眼睛泛起淚水，芙蘿拉緊緊抱住了葉卡堤琳娜。

「謝……謝謝妳。我好高興，竟然可以穿上母親做的禮服，簡直就像在作夢一樣……！如同公爵閣下所言，葉卡堤琳娜小姐是位宛如女神般的人。真的、真的非常謝謝妳。」

不，兄長大人會那樣說，是因為有妹控濾鏡的關係喔。

女神是妳這個女主角。我只是個反派千金而已。

因為芙蘿拉的媽媽所做的這件禮服，現在看起來超純淨的啊。聖屬性的魔力是不是也能驅除惡靈啊？

老太婆，升天去吧。

由於所有女生都決定好想要的禮服了，葉卡堤琳娜提議喝杯茶休息一下，便跟大家一起回到庭園。這時男生們也回來了，所有人剛好齊聚一堂。

才想說男生們看起好像都滿興奮的樣子，原來是在武具收藏室附近的鍛鍊室當中，阿列克謝跟米海爾進行了一場長劍的練習賽。

由於兩人都具備高強的力量，似乎是場精采的對決。在實戰的形式下，感覺都要迸發出火花的緊張感著實教人激昂。

另外，雖然沒有分出明確的勝負，不過是阿列克謝居於優勢。修長的身形讓他的攻擊距離也較長，而且比米海爾大兩歲的差距依舊相當有利，所以也能說是理所當然。能跟這樣的對手打出一場精彩的對戰，米海爾的表現也很出色。

而且尼古拉也給低年級的學生一點指教，一而再再而三地將對手擊倒打倒……進行了似乎是這種感覺的體術訓練，讓那些跟葉卡堤琳娜同年級的一年級男生，所有人都崇拜起尼古拉了。好像變成「請容我敬稱一聲大哥」的狀態。

不過等等！皇子！你是讓忙碌的兄長大人陪你做了什麼好事！

其實我原本沒有打算要占用到兄長大人的時間，而是拜託格拉漢姆先生帶男生們去參觀武具。就因為你出乎意料地跑來了，才會導致宗主必須出面，還給他添了麻煩。

「米海爾殿下，這樣不太恰當吧。您前來參加是我們家的榮幸，只是兄長每天都為了兼顧尤爾諾瓦家宗主的職責以及自己的學業，竭盡辛勞地在工作。不但多占用了他的時間，竟然更讓他做這些伴隨危險的事情，還請您再別這麼做。」

阿列克謝已經回到辦公室，並不在現場。葉卡堤琳娜像是要代兄長抱怨一般，柳眉倒豎地憤而逼迫著米海爾，他卻一臉傷腦筋地舉起了雙手。

「抱歉，葉卡堤琳娜。從小阿列克謝就是我練習長劍的對象，聽他說想久違地對打一場，我也忍不住答應了。」

嗯？

「哎呀，是兄長自己向您請託的嗎？」

「嗯，他說繼承爵位之後感覺身體就變得不太靈活。但根本沒這回事就是了呢。」

啊！糟了。

「非常抱歉。是我沒有先確認過，對您說了那麼失敬的話。」

「沒關係，這麼替兄長著想正是妳的優點嘛。有妳這樣的妹妹，阿列克謝真是幸福。」

「哎呀，真是不敢當。」

真的嗎？你真的這麼想嗎？

什麼嘛，皇子～～你也會說些讓我開心的話啊。因為兄長大人是妹控，所以很常說有我在就讓他感到很幸福，但從旁人的眼光看來也覺得我有給兄長大人帶來幸福的話，就讓我非常開心。

「這麼說來，妳之前曾提過想跟母親大人學習刺劍對吧。不介意的話，改天我來教妳一點。如果只是簡單的拿法之類，阿列克謝應該也不會生氣才對。」

哇～～好想試試看。

……呃，不，等等。我先慢著。

別忘了，皇子等於毀滅旗標喔。芙蘿拉也一起練習就算了，如果只是自己想試試看，可不能請皇子指導。

「芙蘿拉小姐，妳對刺劍有興趣嗎？」

「咦？我嗎……？刺劍是指那種細長的劍吧。我沒什麼興趣……」

也是，一般女生不太會抱持興趣呢。

皇子，抱歉。本來還想說我開口邀約的話芙蘿拉也會跟來，沒幫上你的忙真是抱歉。

我得向格拉漢姆學習身為女主人的職責，而且之後還要開發玻璃筆。

「謝謝您的費心。然而，我這段時間必須學習家政的監督才行。」

「沒關係。在阿列克謝結婚之前，妳就是代理公爵夫人了嘛。要是有我能幫上忙的地方，儘管跟我說吧。」

「感謝您的這一番體貼。」

謝謝你，皇子。你真的是個好人耶。

所以才更不能降低對於毀滅旗標的危機意識就是了。

在這樣的氣氛之中，這天的活動也宣告結束，隔天在公爵宅邸也有事情要處理的葉卡堤琳娜，目送大家搭上馬車回去宿舍。

一件件禮服也被裝在要用抱的才拿得動的大盒子當中，綁上緞帶之後交給女生們帶回去。大家都看似開心地緊緊抱著盒子道謝。

但是，有三個人的狀況不太一樣。

當然就是對馬三人組。

其他女生每個人都只選了一件禮服。然而她們三心二意地挑選到最後，手上都抓了五件不肯放。三個人加起來總共十五件。

馬車本來就是安排大家搭到共乘的上限，因此這十五個大盒子根本塞不進去。

「喂，你們也想想辦法啊！是葉卡堤琳娜小姐說要將這些禮服送給我們的喔。既然如此，想辦法讓我們帶回去不就是你們的職責嗎！」

她們不斷逼迫著公爵家的傭人。但實在是太不講理，讓葉卡堤琳娜不禁失笑。

這種態度總覺得很像上輩子的大阪大嬸。大阪的大嬸要是露出不好的一面，感覺就會是這樣呢。不，但她們吵到這裡就會一個人裝傻一個人吐槽惹人發笑，然後便不了了之。

葉卡堤琳娜才要走向她們三人時，因為管家格拉漢姆對她使了個眼色，便停下腳步。

格拉漢姆走到對馬三人組眼前，懇切地行了一禮。那姿勢就像用尺量過一樣呈現完美的角度。

「大小姐們，請問怎麼了嗎？」

「這個女僕在反抗葉卡堤琳娜小姐喔！她都沒有要遵從指示的意思耶！」

「我們特別收下了這麼多禮服，既然如此，你們應該也要給我們特別的應對方式才對。至少再幫我們多準備一台馬車，也是理所當然的吧。」

「對嘛對嘛。」

……某位格鬥家～～輪到你出場嘍。

『妳們是在說什麼鬼話？』

格拉漢姆只是淺淺一笑。那是一抹很有管家風範，既優雅，卻又似乎令人摸不清的笑。

「大小姐們，我等尤爾諾瓦公爵家之人，會依循主人之意盡到最大的努力。」

「哎呀，是這樣啊！既然如此，你應該知道自己該怎麼做了吧。」

「葉卡提琳娜大小姐的希望是各位客人都能平安回去。為了不讓共乘的其他大小姐們增添麻煩，這些禮服明天就會送達魔法學園的宿舍。各位無須別有掛念，請寬心踏上歸途。」

「等等！不該是這樣做吧！」

對馬三人組的其中一個人喊了起來。然而，格拉漢姆的微笑依舊沒有一絲動搖。

「不好意思，這位大小姐，您是蘇菲亞・賽蒙伯爵千金對吧？」

「對啊！」

一臉跩樣地抬起下巴的妳，原來叫蘇菲亞啊。日文發音跟「對馬」很接近，嚇了我一跳呢，而且姓賽蒙啊。格拉漢姆先生為什麼會知道呢……超強。

另外，我後來才知道對馬三人組三個人的名字都叫蘇菲亞。總覺得好猛。

但對我來說，妳們永遠都是對馬三人組，嗯。賽蒙小姐就叫對馬一號好了。

「既然知道我等伯爵家……」

對馬一號話才說到一半，格拉漢姆就彎下身低語了些什麼。

光是如此，一號的臉色便明顯變了。

格拉漢姆再次行了一禮。

「各位賓客，祝您歸途順心。」

「我、我知道了啦！」

就這樣，對馬三人組便在一陣慌亂中回去了。

格拉漢姆先生太厲害了……關於我家管家會用魔法這檔事。

對馬三人組啊，妳們這樣被眼前的欲望蒙蔽了雙眼，搞不好會失去更重要的東西喔。

沒錯，那就是在婚活市場上的條件價值。

整個皇國當中，只要具備的魔力符合門檻的貴族少年少女們，都會聚集在魔法學園。

那裡正是婚活市場的最前線。

當然，十五歲到十八歲是魔力成長最旺盛的時期，在這裡最重要的就是好好學習如何控制。這確實是魔法學園最大的存在意義。

然而，這個年紀在這個世界來說，也正值適婚期。

雖然貴族結婚主要都是為了家族，但要是在學園找到條件比父母安排的相親對象更好的人，父母也得承認這段婚姻。想在這裡談一場戀愛，跟兩情相悅的人共結連理，大多學生心裡都是這麼希冀的。我終於漸漸明白了這個道理。

而且，這對大家來說該不會是自明之理吧？

抱歉。我實在對於想談戀愛之類，或是享受青春這些事情不太了解，抱歉。因為對我來說，戀愛就等於毀滅旗標啊！

但先別說我了，搞不好讓學生們在這裡尋找結婚對象，也是皇國的目的之一吧？推崇讓具備魔力的兩個人結婚，藉此不但能維持具備魔力者的質跟量，也能成為學園的存在意義之一。所以才會有即使是平民，只要魔力夠強也要強制入學這種事吧？為的正是要將具備魔力的平民血緣納入這個循環之中。

芙蘿拉完全就是這樣的例子。所以即使皇子對她一見鍾情，也才不會變成「身分差距太大不能在一起！」吧。

一旦注意到這點啊，就會覺得魔法學園是一處大型的聯誼會場了。是國家主辦的……該說是學園聯誼嗎？嗯，就是學園聯誼。這是何等的國家陷阱啊。

不過，對少年少女們來說，無論國家的目的為何都沒關係就是了。

總之，既然大家都已經參戰這個婚活市場，便會為了理想中的對象怦然心動，或是宛如隕石墜落般陷入一見鍾情而慌亂不已，又或者會跟條件符合的對象鬥智般相互試探吧。

就某方面來說，當事人對於追求結婚對象的條件會比較嚴格，門檻也容易定得比較高。希望對方有著自己喜歡的外貌，而且無論家族地位還是富裕程度都比自己的家還要

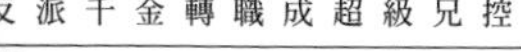

好。雖然目標不至於只有嫁入或是入贅豪門，但如果真能這樣就好了。年輕人就是會心懷高漲的夢想、希望及無謀啊。

然後，再來看看對馬三人組。

搭乘馬車時同樣有男生們在場。雖然像那樣將自己貪心的一面表露無遺也很不妙，但貪得無厭到那種地步，會讓人懷疑她們老家的經濟狀況是不是有問題吧。這下條件不錯的對象要對她們一見鍾情的可能性便下滑了很多。應該說，搞不好近乎於零了吧。

我也不知道她們原本有沒有這個可能性就是了。

一邊覺得她們也真傻呢～結果越來越對她們討厭不起來，不禁深入地想了很多關於對馬三人組的事情。

總之，堅強地活下去吧。不過，要比那樣更加堅強也會讓人很傷腦筋就是了。

不過，一句話便讓那樣太過強韌的對馬三人組閉上嘴的格拉漢姆先生，究竟是跟對馬一號說了什麼呢？

就這樣，所有客人都離開了之後，葉卡堤琳娜在聽取格拉漢姆報告這場派對的收支時，當場提出了這個疑問。

「格拉漢姆，我的同學剛才給你添了麻煩，真是抱歉。你面對賽蒙小姐時的應對方式太精彩了，讓我敬佩不已。」

「不敢當，大小姐。」

「我可以問問你那時候對她說了什麼嗎？」

「當時在下是這麼說的，『賽蒙家似乎有向本家借款，若是現在要拿這些禮服抵債也沒問題喔』。」

天啊。

「原來是這樣啊，難怪那位小姐會臉色大變呢。沒想到你竟然連這種事情都有掌握到，也知道那位小姐的名字，能力真是驚人。換作是我，可就完全辦不到了。」

「不，在下並沒有掌握到這些資訊。」

格拉漢姆果斷地這麼說。

「大小姐，本家雖然沒有借貸金錢這項業務，但實際上依舊會有借款的憑證混入各式各樣的支出當中。然而，在下並不知道本家持有的那些借據是來自哪一家，也不知道有多少。只是無論金額大小，普遍來說貴族世家都會背負一些債款。在下只不過是對那一位千金說『似乎』有向本家借款而已。至於賽蒙小姐的名字，則是因為看在端茶出來那時的反應，米娜來告訴我的。畢竟所有與大小姐住在同一間宿舍的學生姓名，米娜全都知道。」

……天啊……

沒想到是在虛張聲勢！

瑪麗娜說是理想中的管家，用那張散發著優雅的公爵家管家的臉，竟然若無其事地虛張聲勢了啊！

「哎呀，呵呵呵！」

葉卡堤琳娜不但笑了出來，還拍手喝采。

「這是多麼精湛的演技啊！讓我深受感動！真不愧是祖父大人鍾愛的名演員呢。演技實在太過精湛，甚至讓人無從察覺那裡就擺著一個舞台。可說是經典場景呀。」

接著，格拉漢姆便站起身來行禮。那並不是平常那個完美管家的禮儀，而是就像舞台演員一般誇大的華麗行禮。

「感謝您對在下這種三腳貓演員給出最棒的讚賞，讓在下備感光榮。」

葉卡堤琳娜開心地笑了。

葉卡堤琳娜對瑪麗娜他們說自己不知道格拉漢姆的家世並非謊言，她確實不知道他是出身自什麼樣的人家。但他曾親口說過在侍奉祖父謝爾蓋之前，過著什麼樣的生活。

格拉漢姆好像曾在旅行劇團中當過演員。

那個劇團來到尤爾諾瓦領地的時候，很不幸地遭遇魔獸襲擊。急忙趕來的尤爾諾瓦騎士團雖然擊敗了魔獸，整個劇團卻也滅亡了。當時就只有格拉漢姆一個人撿回一命。儘管倖存下來，失去一切的他同樣沒了活下去的氣力。

這是三十幾年前的事情，當時的格拉漢姆也才過二十五歲左右吧。那個劇團當中，是不是也有他的家人呢？關於這點，他並沒有多說就是了。

儘管人在騎士團療傷，但他整個人都失神落魄，毫無生氣，這時祖父卻找他攀談了。他說自己的侍從突然離職了，才正感到傷腦筋。

『你是演員吧。等傷勢痊癒之後，就暫時待在我身邊，飾演我的侍從好嗎？』

那似乎就是一切的開端。

他很喜歡演戲，也一點都不想做其他的工作。但他也不想忘卻失去的一切，加入其他劇團。祖父這句話就像是看穿了他這樣的心思，並說進了他的心坎。

所以，格拉漢姆決定演繹一名侍從。

對旅行劇團來說，劇本這種東西有跟沒有一樣。根據表演的現場，臨機應變地演戲更是理所當然。

經過這番歷練的格拉漢姆，只要別人稍微教導一下工作內容以及要注意的事情，很快就習慣了。不如說跟其他侍從比起來，他更能應付突發狀況，面對難處的人物時還非常會誇大蒙混過去。其他貴族也都很羨慕祖父有這麼一位機靈又忠實的侍從。每當聽人這樣稱讚，之後在兩人獨處時，祖父總是會一邊快活地拍手喝采，並這麼說道：

『你真是個名演員。你的演技好到都沒有任何人發現這裡其實是你的舞台呢。』

如果是一般人，應該都會說「比起演員你更適合做一個侍從」，或是稱讚他「真是個優秀的侍從」吧。當然這也是事實。

但是，祖父讚賞他是位名演員。

尤爾諾瓦公爵。僅次於皇族的高貴身分，照理來說甚至是不可能與自己這種人交談的，遙不可及的人物才對，然而他卻貼近了旅行演員的心，並說出這一番話。若是為了謝爾蓋公，縱使犧牲生命也在所不惜。格拉漢姆是這麼想的。

皇國的女性高級傭人大多都是貴族，但那不過是為了在出嫁前與高級貴族扯上關係的一種提高自身價值的方式。然而男性傭人就是一項專職，身分地位並非必要。即使如此，一般來說一個旅行劇團的演員要跟在公爵身邊侍奉是不可能的事情。

即使祖父身邊的人問起格拉漢姆的出身背景，他也只是隨口蒙混過去，不知不覺間甚至會說是待在自己身邊的守護精靈。

格拉漢姆也因此不再被人問起出身背景，他便自侍從成為隨從，再自隨從成為管家，成功爬上了侍奉公爵家之人的頂點之一。

「一直以來，謝爾蓋公都是在下唯一的觀眾。」

阿列克謝並不知道格拉漢姆的過去。祖父似乎是刻意不告訴這個生性太過認真的孫子。

然而格拉漢姆對葉卡堤琳娜訴說了自己的過去。

「大小姐跟謝爾蓋公十分相似。您就像那一位一樣，總是懷著一顆自由的心。」

……聽他這樣說感覺跟詐欺一樣，真的讓我感到非常愧疚就是了。

這再次讓我覺得祖父大人是位十分出色的人物，被說與這樣的人很相似，也讓人感到很開心。

格拉漢姆先生，謝謝你。

你確實就是祖父大人最鍾愛的名演員喔。

是說過了幾天，財務長欽拜雷先生偷偷告訴我，關於對馬三人組老家的債權（也就是向他們收取債款的權利），幾乎都由尤爾諾瓦家買下來了。

這件事好像也已經安排讓她們老家轉達給那三個人知道，以後她們應該就不會再來糾纏了吧。

反、反正又不是故意陷害她們的家族背負債款，不如說如此一來債權統一，要還的利息也會比要少，對他們家來說並不是件壞事的樣子。

但還真的是……我們家太猛了。

不過，她們應該不會因此便得到教訓吧。我的內心同時也產生了這樣的想法。

在舉辦了招待同學們的簡單派對隔天。再次搭乘馬車造訪的穆拉諾工坊前，葉卡堤琳娜對著開心地前來迎接玻璃工匠雷夫投以微笑。

「大小姐，歡迎您的蒞臨。」

「你好，雷夫。事情發展得這麼突然，也嚇到你了吧，真是不好意思。」

「請別這麼說！竟然這麼快就答應我那樣有失常理的請託，真的非常感謝您。沒想到這間工坊已經不再是拋售的物件，而且還會由我點燃師傅的窯爐，這一切全都讓我開心到還難以置信。」

沒錯，買下工坊的手續全都完成了。

葉卡堤琳娜向阿列克謝商量想買下穆拉諾工坊，是上週末的事情。商業長哈利洛在接下阿列克謝要他安排收購的命令之後，幾乎在當天就做好所有準備的樣子。

被指派負責收購的哈利洛的部下，早在星期一就調查好這間工坊的所有者，並跟對方聯繫上了。

立刻進行金額交涉之後，直到以幾乎是一開始提出金額的半價談妥為止花了三天。

用現金一次付清雙方同意的金額，滿臉笑容地跟交涉對象握手並收下工坊鑰匙是前天的事情。

昨天那把鑰匙就從負責收購的人交到葉卡提琳娜手中，並由米娜送到雷夫的手上了。

好快！

以前聽說日本的企業總是很慢才會做出決議這件事，在國際間可說是惡名昭彰，看來皇國的風氣還是比較接近歐洲的樣子。這個商業速度大概足以勝過上輩子的國際標準了。

對於上輩子的上班族人生中接觸過的大多數公司來說，短短一星期當中的進度差不多就是終於成功說服上司，自己想準備為了報告收購預算的決議許可所需的相關資料而已。

聽了難免讓人有種「這也算進度？」的感覺，但如果在財閥類型的企業真的就是這樣。

而且，即使砍到半價，工坊的價值也是我上輩子年收的好幾倍……

雖說是黑心企業，但我們公司加班費給得滿大方的。所以我的年收在同世代當中，應該算是還不錯的一筆金額。

即使如此，還是多上好幾倍。

……說到那些收入，我還沒有空閒好好運用就過勞死了呢……我的存款應該全都繳納給國庫了吧……不、不過想這些也無濟於事嘛。

總而言之！不只是妹控兄長大人，感覺是在每一位公爵領地幹部的縱容之下，買下了

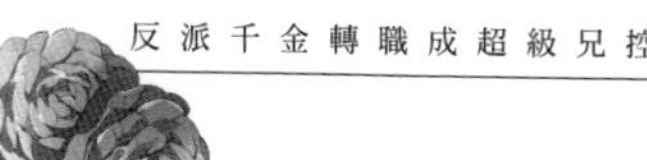

玻璃工坊。

正因為受到大家的縱容，往後就得留意不要再更依賴大家才行。即使在上輩子，幾千萬圓亦可算是足以改變人生的金額了。若以這個貧富差距這麼大的世界來說，甚至不知道可以改變多少庶民的人生。既然讓人砸下了這麼一大筆錢，為了不讓公爵家蒙受更大的損失，我必須盡力做到所有能辦到的事。

「雷夫，我很期待你的表現喔。希望你能做出許多既美麗又受人喜愛的作品。」

「謝謝您。我也一定會這麼做的。」

「真令人開心。我對玻璃的事情一點也不了解，我只能靠你嘍。」

葉卡堤琳娜面帶笑容地這麼說完，馬上又繃起了一張臉。

「但是，我並不打算將所有事情都讓你一個人承擔。既然這間工坊已經是我的，我便會秉著尤爾諾瓦之名，給成為公爵家一部分的這間工坊帶來恩惠。但我將來也是要慢慢達成回饋公爵家這份恩惠的義務。」

「恩惠與義務……是嗎？」

葉卡堤琳娜對著有些愣住的雷夫點了點頭。

「首先，我想問你。之前你說過，穆拉諾師傅不擅長經營對吧。那你又是如何呢？想跟師傅一樣，就連經營方面的事情都全權掌握嗎？還是說，覺得專注於製作作品比較好呢？」

雷夫倒抽了一口氣，他的眼神游移了一下。

「那個……不好意思，我對於經營或是金錢的事情完全不懂。師傅以前也總是對我說，『你比我還更不適合經營，或許比起自己開一間工坊，你比較適合一直當個受人僱用的工匠吧』。」

「哎呀，看樣子一起分擔職責比較好呢。」

葉卡堤琳娜開朗地說道。

「若是要販售這間工坊的作品，公爵家負責商業的部門表示願意接下推銷等工作。如果是穆拉諾工坊出品的作品，保證會有很多人想購買。他們甚至雀躍地說很想銷售看看呢。」

「這番話真是令人感激。」

雷夫的表情在鬆了一口氣之後揚起微笑。

「我剛才說的是針對玻璃杯等穆拉諾工坊招牌商品的經營方式。接下來就是玻璃筆了，在達到能夠作為商品販售的水準之前，想必要一再從錯誤之中反覆摸索吧。我已經得到許可，在整個工坊上軌道之前，將由尤爾諾瓦公爵家負擔開發新商品所需的費用——米娜。」

「是的，大小姐。」

米娜在雷夫面前放下一袋東西，便傳來貨幣敲出的聲響。

「這是你這星期的薪資。我聽米娜說了，你在跟我們談完之後，似乎就被蓋倫工坊解僱了吧。」

也沒支付之前工作的份該拿的薪資就突然解僱員工，那個大叔簡直是最爛的雇主。

蓋倫師傅應該是發現雷夫來找我們談過。但當他想抓住我的手時被米娜擰了一下，所以也令人懷疑是把氣發洩在雷夫身上。

「要是生活上有困難，便沒有多餘的心思能投注在開發商品，所以在此就先支付給你。我先準備了與你還在穆拉諾工坊時相同的金額，但過幾天再來簽屬明確的契約吧。我會盡量給你作為承擔起這間工坊之人相符的金額。」

「太厲害了，真不愧是名門世家……！非常感謝您。」

感覺有些畏縮地拿起那袋薪水，雷夫露出像在作夢般的神情。

「而且……」

當葉卡堤琳娜的話才說到一半時，便響起一道澄澈的聲音。有點像是風鈴的美麗鈴聲奏響了音階。那是這間工坊的門鈴，似乎只要拉過門旁的手把，就會牽動玻璃製的鈴，進而響起的樣子。

比雷夫連忙站起身的動作還要快一步的米娜，悠然地邁步走出去，而且很快就回來了。

「柴薪要放在哪裡？」

在這麼問的米娜身後，抱著大把柴薪的男子正端詳著室內。

「啊，好的，就放在地下倉庫。我帶各位過去。」

雷夫趕緊上前應對。真不愧是有仔細考慮過動線的穆拉諾工坊，似乎是將燃料保管在可以直接從外面搬進來的地下倉庫當中。

大量的柴薪轉眼間就全都搬運進來，雷夫一臉茫然地走了回來。葉卡堤琳娜微笑道：

「在我說到這件事之前就送來了呢，嚇到你了真是抱歉。關於材料跟燃料等資源的進貨，會由公爵家的其他事業統一進行。這是因為大量購買的話，就能夠壓低價格了，而且還可以將進貨交給擅於議價的人才去做，如此一來也能減輕工坊的負擔。」

當我因為工房的售價談到砍半而感動不已，並極力稱讚將那位負責人之後，哈利洛先生就這麼向我提議了。連同工坊所需的份一起購買的話，他們那邊也能享受到增加購買量之後有利於議價的好處，所以希望我能不要客氣地這麼做，我便十分感激地答應了。

「還有，記錄帳務並計算利益及損失的職責，也有具備專門知識的會計師會處理。」

「竟、竟然能替我做到這種程度嗎？」

雷夫一臉驚恐的樣子，看來還沒有什麼真實感呢。

——嘴上說著不能讓公爵家有所損失，結果還不是一心只想消費公爵家的資產及人才！我的內心某處就像這樣吐槽了一番就是。

當然一心想用啊！我會這樣挺胸應回去喔。

這才不是要客氣的地方。

畢竟我在經營方面是個外行人，當然要盡量借用並運用專業人士的能力。初學者可不能什麼事都想要靠自己解決。

例如新進員工看前輩好像很忙碌，就靠一己之力去修正系統之類，或是修復發生的障礙等，因為這樣的想法導致慘劇發生……這樣的發展就上輩子來說相當普遍。

不，即使前輩沒有在忙，只是覺得說出自己辦不到或者不懂，好像是件很糗的事情所以不想講，於是不斷信口開河地說著「很順利」之類，「幾乎快要做完了」等，結果突然間不來公司的那種差勁新人，以前也曾碰過呢……

嗯，還是不要繼續回想好了。

還有，一開始就投入大筆資金，感覺不會成功的話便盡早看準時機脫手，應該才是正確的方法。在情況惡化之後才一點一點投入資金，則是最愚蠢的策略。

……嘴上好像說得很了不起，但像我這種外行人，就連有沒有辦法精準看出那個時機都成問題就是了！

真的還是要借助專家的力量。雖然這個前提是要有值得信賴的專家，但以這點來說，尤爾諾瓦公爵家非常得天獨厚呢。

「所以說，雷夫，我希望你可以自在地專心於製作作品。我想請你做出玻璃筆，所以我覺得替你準備一個可以做出來的環境，是我該做的事情。只要是有需求的東西，你都別客氣，儘管跟我說。」

「大小姐。」

雷夫深深地低下頭去。

「非常感謝您。替我著想了這麼多方面的事情，我深深覺得自己幸運到難以置信。現在柴薪倉庫放得這麼滿，窯爐也隨時都能點火。只要窯爐點了火，這間工坊就會得到重生。火焰就是玻璃工坊的生命。大小姐期望的玻璃筆，我一定會做出來。」

接著，雷夫將一束紙攤在桌面上。

「我試著畫了玻璃筆的草圖。請問在手持的地方，您比較偏好什麼樣的設計呢？」

「哎呀，真不愧是專業工匠，跟我這個外行人畫的示意圖可說是天差地遠呢！」

看到帶著寫實感的美麗草圖，葉卡提琳娜的情緒一口氣高昂了起來。

感覺像是以前看過的達文西草圖一般，這張圖本身就很出色了。

「首先，我希望你做的是要給我的兄長大人，尤爾諾瓦公爵用的款式。所以，希望是偏向男性且優雅的設計。他的手很大，若是可以做得粗一點比較好拿的話就太好了呢。接著，關於顏色方面……」

由於情緒太高昂，忍不住就提出各式各樣的要求，葉卡堤琳娜後來也自省了一番。

下個週末，雷夫捎來的聯絡傳到學園，說是玻璃筆的樣品已經做好了，希望我能去看看，讓我完全說不出話來。

也太快了！

「大小姐，歡迎您的蒞臨。」

「雷夫！真的已經做出來了嗎？」

葉卡堤琳娜露出滿是期待的燦爛笑容，雀躍地朝在工坊迎接的雷夫問道。一臉不禁感到耀眼的雷夫點頭回應。

「是的，已經做出來了。請來確認看看。」

擺在工房一隅的沙發組桌上，鋪著一塊黑色的天鵝絨布，上頭擺放了好幾支玻璃筆。那些全都是整支透明的樣品。

「現在尚未使用有色玻璃製作。畢竟為了要顯色的內含物質很高價，而且也想先請您確認一下筆尖的狀態。」

「也是呢，這是最重要的地方。」

不過，現在這個形狀已經相當美麗了。不但加入扭轉的設計，還有像是串珠的地方。要是換成有色玻璃想必會更加美麗，但整支透明的玻璃看起來也別有一番風韻。

我拿起放在桌上的一支筆，仔細端詳了一番。筆的前端刻出了螺旋狀的溝槽。

將筆浸泡在準備好的墨水瓶後，墨水便沿著溝槽吸附上去，循著畫出前端的螺旋圖樣。

沒錯，就是這個！

桌上也準備好試寫的紙，因此就來寫寫看了。首先是自己的名字。可以很滑順地書寫出來，而且不會有像是羽毛筆那樣不順的感覺。

接著，我在名字下方畫了尤爾諾瓦家的家徽。不管朝著哪一個方向動筆書寫，也都不會有不順手的感覺。沒錯，這就是玻璃筆的優點。

而且直到家徽幾乎要畫完之前，沾取的墨水都沒用完。

上輩子買下玻璃筆的時候，根據店家的說明，將筆尖浸泡在墨水瓶一次的量，大概可以寫完一張明信片，因此當我買回來之後立刻便試寫看看，確實如此，而且還能寫上更

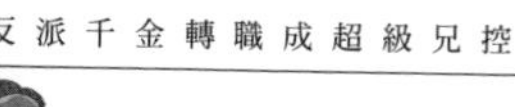

多。我也有跟雷夫說明只要筆的前端刻好溝槽，應該就能吸附上夠多的墨水才對。而他也確實做到了這一點。

現在是寫的這支筆，葉卡堤琳娜拿起來大小剛好適合。

試著拿起另一支筆，比剛才那支更大了一點，拿起來也比較有重量。以阿列克謝的手來說，這支應該會比較適合。我試寫了一下，這支也是能讓墨水描繪著美麗的螺旋，點綴了筆尖，並能寫得很順暢。

「請問……您覺得如何呢？要換成可以吸附更多墨水的設計會比較好嗎？但如果要這樣做，就會有點難以維持外觀的平衡。」

「不用，這樣就夠好了。」

葉卡堤琳娜輕輕放下筆。

接著，她用雙手緊緊握住雷夫的右手。

「雷夫，你真的是天才！竟然能在這麼短的時間內，只讓你看了一張圖，就能實際做到這個地步！我覺得非常感動！」

「啊……！那個！不，我並沒有那麼厲害！」

紅著一張臉，雷夫左右搖了搖頭。

「就是很厲害。要不是具備天賦之才，實在沒辦法做到呀。作為工匠，你有著十分優秀的美感，也具備洞察及理解能力呢，而且還有勇於挑戰未知事物的好奇心及冒險心。能與你相遇，我是多麼幸運啊。」

「大、大小姐，謝謝您的讚美。我、我不知道該怎麼說才好……」

雷夫已經一副快要哭出來的樣子。

這時，在身邊待命的米娜悄悄地採取了行動。她輕輕牽起葉卡堤琳娜的手，從雷夫的手上抽離。接著米娜才又悄悄地退了回去。

葉卡堤琳娜這時才回過神來。不行不行，怎麼能握住異性的手，身為千金這麼做太恬不知恥了。而且把雷夫捧到這個地步，他感覺也不太舒服吧。

但我甚至覺得自己稱讚得不夠呢！我真的超感動！竟然這麼快就能交出這種品質的成果，真的是天才。實在太厲害，即使想拍成一小時的節目，也會因為那什麼精彩片段？……太少的關係，無法構成一個節目吧。

不，一開始應該還是有碰壁的過程吧。只是他馬上就憑著智慧及技術方法跨越難題了。

才二十二歲對吧？你搞不好會成為超越師傅名匠穆拉諾的巨匠喔。

嗯，你果然是地上之星，是燕子的啟示告訴我的那個啊。真的好期待你未來的成長。

有請兄長大人讓我買下穆拉諾工坊真是太好了。公爵家好厲害啊。可以成為天才的贊

助商耶。感覺就像上輩子的麥地奇家族一樣。

「大、大小姐，您要贈與公爵閣下的玻璃筆，像這樣的設計可以嗎？」

啊！對耶。在兄長大人的生日之前，得用有色玻璃重做一次才行。在來得及趕上生日的這個時間點就做出樣品確實很厲害，但剩下的天數也沒得讓人太過從容。

因為雷夫提起了實際的業務商量，葉卡提琳娜也立刻切換成認真模式。

「這個嘛，像是有這個扭轉的設計就很好拿，我覺得很棒喔。還有在手持的地方膨起來的這個設計。不但刻在上頭的圖樣很美，也有顧慮到可以當作止滑，真的做得非常好。另外就是……」

上次一邊看著草圖並跟他說明自己期望的設計時，拜託他的東西都有確實做出來。感覺彷彿在公爵家武器收藏室裡頭看過的美麗短劍的劍鞘般，設計得相當精緻。

「我還是覺得這個會很適合兄長大人。有色玻璃在製作上也沒問題嗎？」

「是的，沒有問題。」

「那就做這三種吧。請你要做出適合送給尤爾諾瓦公爵的豪華成品喔。顏色方面就跟之前說過的一樣，沒有改動。」

雷夫的雙眼都亮了起來。現在的他，大概正看著完成的玻璃筆。在他的腦中已經描繪出完成品的樣子了。

「請交給我吧，大小姐。我會傾盡全力去製作。」

「謝謝，就靠你嘍。」

葉卡堤琳娜帶著微笑這麼說完，忽然間就換上嚴肅的表情。

「雷夫。有一件事我希望你絕對要遵守。」

「是的，任何事情都請您吩咐。」

「你每天都一定要好好吃飯，好好睡覺，好好愛惜自己的身體。我希望你遵守的，就只有這件事情而已。像你這樣具備才能的人，能盡情發揮那份才能應該就是你的幸福吧。比起睡眠、比起進食，全心投入在不斷製作東西，應該會讓你感到很開心。但是，你可不能廢寢忘食。無論睡覺或是進食，都是一個人要活下去不可或缺的事物。沒有必要為了兄長大人的禮物，甚至削減到你自己的性命。即使比生日還要晚了一點，兄長大人想必也會感到很開心。

你的生命是獨一無二，而且無可替代的。你可要最愛惜你自己。」

說真的，這大概是想對上輩子的自己說的話吧。

正投入於工作的那時候，我曾鑽牛角尖地想著「無論如何都得做好！」然而，那真的是足以削減自己生命的事情嗎？

畢竟是自己的性命，自己必須更加愛惜才行吧……

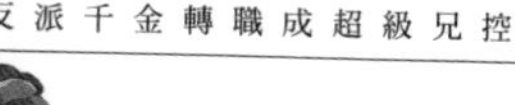

所以！既然我都有上輩子的記憶了，這輩子就要活用那次經驗，盡可能別讓人過勞死才行！

「……」

雷夫似乎說不出話來的樣子。

過了一陣子，他才沉吟般的說：

「……既、既然大小姐都這樣說了……」

「謝謝。我們約好嘍。」

這時，雷夫的視線悄悄從笑咪咪的葉卡堤琳娜身上移開，並喃喃地說：

「但如此一來，反而會讓我覺得『即使死了也沒關係，好好加油吧』。」

喂，給我等一下，為啥啦！

那一天是平日。

芙蘿拉莞爾地看著從早上開始就坐立難安的葉卡堤琳娜，並說出「今天午餐就由我來做吧」這種話。

「但是，芙蘿拉小姐，實在不能這樣給妳添麻煩。」

「怎麼會是麻煩？葉卡堤琳娜跟公爵閣下的幸福，也是對我而言的幸福，而且，我總覺得今天的葉卡堤琳娜小姐還是不要靠近菜刀跟爐火比較好。妳都心不在焉嘛。」

一邊這麼說，芙蘿拉也輕笑了起來。她的笑容總是如花一般美麗。

嗚嗚，抱歉。謝謝妳，芙蘿拉。

不過今天就是兄長大人的生日。為了今天準備了這麼多，還請原諒我現在這番緊張的心情吧。都這麼幹勁滿滿地準備了，他要是沒有因為這個禮物而感到高興該怎麼辦才好？像這類的念頭從昨天晚上開始就已經呈現想過頭的狀態。

不，我是覺得他不會不高興。兄長大人可是妹控。不過，我就是想送他並非因為是妹控而感到高興，是真的很喜歡也有幫上他的忙而感到高興的那種禮物，所以才會這麼執著於玻璃筆。

我沒有抱持反正無論送什麼他都會感到高興，所以送什麼都好的這種想法，而是認真地替兄長大人著想喔。畢竟我的兄控程度也不會輸給兄長大人的妹控程度嘛！

雖然這也一如往常，不知道在比什麼就是了！

就這樣，一到了午休時間，葉卡堤琳娜立刻朝著辦公室走去。

一抵達的時候，阿列克謝似乎也才剛到這邊而已，他跟諾華克他們一齊露出驚訝的表

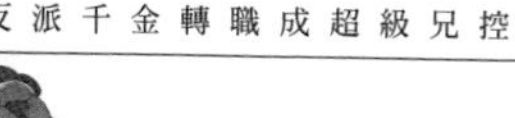

情，看向葉卡堤琳娜。

「怎麼了？妳今天比平常還要早來呢。」

「因為我想早點對你說——兄長大人，祝你生日快樂。」

葉卡堤琳娜笑著這麼一說，阿列克謝便睜大了螢光藍的雙眼。

啊，看他這個反應……

兄長大人……想必忘記今天是自己的生日了吧！真的是一心只想著家族的事情，一點也不看重自己。

不，搞不好他並不是忘記，只是沒有打算要視為一個特別的日子嗎？要是他對自己的生日懷有心理陰影怎麼辦？

這時，阿列克謝輕笑了出來。

接著他便伸出手，抱住了妹妹。

「謝謝妳。曾幾何時，我覺得生日不過是個跟平常沒什麼兩樣的一天，但有妳的祝福，這就化為一個美好的日子了。」

呀～～太好了，真是開心。始祖型傲嬌的兄長大人，今天也是一味地寵愛呢，嗯。

沒想到還沒送禮物，只是一句祝福就引來這樣的反應。真不愧是兄長大人。

葉卡堤琳娜伸出手，回抱了阿列克謝。

「能聽你這樣說，我也覺得很開心。為了慶祝，我帶了一點禮物過來。不知道你喜不喜歡，還請你先看看。」

聽了這句話，阿列克謝微笑地輕輕摸著妹妹的臉頰。

「怎麼可能會不喜歡女神賜予的贈禮呢，妳有這份心意才讓我感到最為高興。」

真不愧是兄長大人……

無論如何，葉卡堤琳娜這下子終於要將禮物盒給出去了。那是一個綁著水藍色緞帶的青色絨布盒。這個盒子也是為了玻璃筆而特別請人急件製作的特製品，裡頭塞滿填充物之後，內襯用絲綢鋪了上去，並做出一個凹槽，好讓筆可以穩穩地固定住，避免讓纖細的筆尖產生破損，特別費了一番工夫。

阿列克謝解開緞帶並打開盒子之後，擺放其中的是三支玻璃筆。

葉卡堤琳娜不禁覺得，雷夫的才能在這個使用有色玻璃的完成品上，更加凸顯了出來。

一支是扭轉的設計。耀眼又鮮豔的水藍色及藍色兩個顏色扭轉地纏繞在一起。當然，這是連結自阿列克謝及葉卡堤琳娜的頭髮，才會做出這樣的配色。

下一支是在手持的地方做膨起來，越是接近尾端就越細的設計。整體都是透明的，並在最粗那部分的內部用某種方法畫了水藍色跟藍色的兩朵藍薔薇封了進去。外側流麗的藤蔓薔薇葉子，則是用綠色玻璃的線條繪製而成。

第三支是仿造短劍的設計。外側雖然是透明的，卻唯有芯的部分是水藍色，看起來就像是一把水藍色的刀刃包覆在透明玻璃的劍鞘之中。筆的尾端，也可看作短劍劍柄的部分使用的是藍色，而且在透明玻璃的外側，還用金彩寫上一串文字。那是將古代亞斯特拉語寫成裝飾文字的設計。由於葉卡堤琳娜不會讀寫亞斯特拉語，所以只跟雷夫說拿來作為參考的短劍劍鞘上裝飾著像是文字的設計，雷夫便幫忙挑選了常用在這種裝飾上的詞語。

看見這份禮物，阿列克謝會露出一臉費解的表情也是無可厚非的吧。在只有羽毛筆的皇國，當然沒辦法在第一次看到的時候就判斷出這究竟是什麼東西。

「兄長大人，這個呢，是筆喔。」

「筆？」

「是用玻璃製成的玻璃筆。這可以吸附比羽毛筆更多的墨水，並能連續寫下更多文字。使用起來就像這樣。」

葉卡堤琳娜迅速拿出了自己的玻璃筆。準備周全的她，將雷夫製作的樣品當中適合自己手的大小的筆拿了回來。順帶一提，這是用米娜找到的細長木盒，並在當中塞滿了棉花才帶著走。

借了墨水瓶，也拿了一張紙。阿列克謝要她坐下來寫，便借坐了氣派的皮革椅，眼前面對著大張的辦公桌。感覺就像坐在總裁的位子上一樣，真是難為情。會這麼想，大概是因為葉卡堤琳娜內心還留有過多社畜成分的關係吧。

將玻璃筆的筆尖浸泡在墨水壺之中，讓溝槽蓄滿了墨水。

啊，要寫什麼好呢？在工坊試筆的時候是畫了我們家的家徽，但那並沒有畫得好看到可以秀給兄長大人看的程度，還是算了吧……有什麼可以明確傳達出能寫很多字的內容呢？

既然如此，就寫那個好了。

葉卡堤琳娜便提筆在紙上流暢地書寫了起來。

寫下來的是那個叫專案計畫什麼的節目主題曲歌詞。這段時間在腦內反覆播放太多次，為了整理腦中的思緒，便翻譯成皇國的語言了。雖然要翻到足以契合音樂唱出來的難度太高，但自己也覺得有翻到還不錯的水準。

拿玻璃筆沾取一次墨水壺的墨水，用到勉強將第一段的歌詞全部寫完之後，葉卡堤琳娜呼出了一口氣。

「只要沾取一次墨水，就可以寫這麼多喔。」

「真是劃時代的產物啊。」

諾華克不禁低吟道，這時葉卡堤琳娜才發現公爵家的幹部們都圍到辦公桌這邊來，還

因此嚇了一跳。

大家都看似深感興趣地看著玻璃筆。

呃，這……

「那個，兄長大人。請你使用一次看看吧。」

葉卡提琳娜退開皮革椅站了起來，便要阿列克謝坐下。

照著妹妹說的坐上自己的座位之後，阿列克謝一再端詳著玻璃筆。他拿到手上的是仿造短劍的那一支。

「命運、幸運、力量。」

阿列克謝這麼低語著，讓葉卡提琳娜費解地歪過了頭。

「那是指什麼呢？」

「是刻在這上頭的亞斯特拉語的意思——最後那個詞除了力量之外，也可以翻成美德、勇氣、本事或氣概等意思就是了。但若是想要顛覆命運，幸運及個人的力量都是必須的，因此多是將這三個詞當作一組記述下來。」

「哎呀，原來是這樣呢。我完全不懂亞斯特拉語，真是丟人。」

像這種地方，就是自己沒有接受過貴族千金應有教育的遺憾之處。以前亞斯特拉語似乎是貴族的必備教養，以現代來說，能讀懂幾個常見的單詞也是理所當然。搞不好以後在班上也會露出這樣的馬腳。

「妳怎麼會丟人？能讀懂亞斯特拉語的人多到隨處可見，但我的妹妹可是獨一無二的賢者。」

謝謝你。兄長大人的妹控濾鏡今天也是開到最高性能呢！

「是說，這段詩的形式還真罕見。是妳創作的嗎？」

啊，沒想到關注到那裡去了！

「不、不是，這是我在某個地方讀到的內容。」

「這樣啊。我也多少有看過一些詩集，卻沒看過這樣的詩。」

兄長大人也會看詩集啊。感覺有點意外呢。因為那個吧，前陣子說過以前跟他滿要好的尤爾瑪格那家的弗拉迪米爾，曾經流暢地默背出亞斯特拉時代的詩，會不會是受到這個影響呢？

啊，我懂了！那些詩詞就是兄長大人華麗詞藻技能的泉源吧！

阿列克謝拿著玻璃筆沾取了墨水。

接著，他先寫下了自己的名字。

「哦。這是多麼……滑順的筆感啊。一點也沒有不順暢的感覺。」

「是的，玻璃筆就是這樣的東西。」

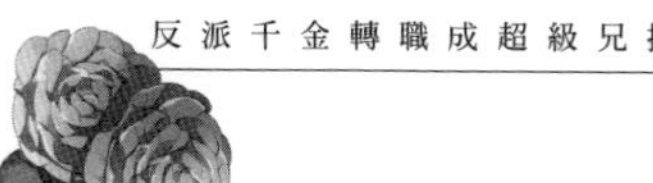

阿列克謝換了張紙，便開始寫起了其他東西。會說是「其他」，是因為他在寫的是葉卡堤琳娜看不懂的內容。阿列克謝正用華麗的裝飾文字書寫著亞斯特拉語。

好厲害，真不愧是兄長大人！以前是有在博物館看過上輩子的平安時代貴族，用草書那種裝飾文字般的寫法書寫的信箋之類，但竟然可以如此流暢地寫下那種類型的文字，真不愧是貴族的教養！

「這種筆無論朝著哪一個方向都能書寫。跟羽毛筆截然不同。」

雖然阿列克謝這麼沉吟地說，但葉卡堤琳娜才是要不禁沉吟起來。

畢竟是第一次用玻璃筆書寫，多少有點不順手的地方，但阿列克謝仍以漂亮的字跡，寫下了亞斯特拉語的文章。

「兄長大人，這段文章寫的是什麼呢？」

「我試著把這首詩翻成亞斯特拉語了。雖然還要再經過一番推敲就是了。」

天啊——！我光是要把日語翻成皇國語就苦惱夠久的這段文句，竟然第一次看到就翻出來了嗎——！

「葉卡堤琳娜，妳的這個……是叫做玻璃筆吧。是在妳的玻璃工坊做的嗎？」

「是的，就是在那裡做的。工坊中有一位優秀的工匠喔。」

「妳想買工坊時，有說過是想做出美麗的東西吧。就是指這個嗎？」

阿列克謝輕輕地將玻璃筆放了下來。

接著他站起身，緊緊抱住妹妹之後，在她的額邊留下了親吻。

呀——！

「謝謝妳，葉卡堤琳娜。我的女神。妳的一切都是如此完美得令人難以置信。」

呀——！

呀——！

呀——！

呀——……喂，我也該冷靜下來了吧！

「兄長大人……你覺得高興的話，我真的感到相當開心。」

嗚嗚，真的好高興。

……不過，有辦法做出這支玻璃筆，也是多虧他替我買下了工坊，所以我也曾想過這樣究竟能不能稱作是我送的禮物就是了。但有想到可以送他玻璃筆真是太好了——！

「開心……是吧。」

「呵呵」地阿列克謝笑了一下。

「這麼令人驚豔的東西，竟然是生日禮物啊。妳真的是……」

「兄長大人是我最重要的人，所以兄長大人的生日也是其他事物無法比擬的重要。」

既然他都說是「令人驚豔的東西」，看來即使作為商品也會有不錯的成績，真令人高興。

但說真的，對我來說比起經濟效果層面的事情，兄長大人收下之後覺得高興才是最重要的。因為我是兄控他又是我的主推，就是這麼一回事啊。

我認為兄長大人覺得開心或感到幸福，才是最重要的事喔。

「……這樣啊。謝謝妳。」

阿列克謝感慨萬分地低喃道。

這時，外頭有人敲響了辦公室的門。

侍從伊凡迅速地應門之後，站在眼前的是芙蘿拉。她提著比平常還要大的竹籃，似乎是拿午餐過來了。

「哎呀，芙蘿拉小姐，真的非常感謝妳。像這樣把事情都丟給妳處理，真的很抱歉。」

「其實也是我很想盡自己一份力幫忙呀。」

在笑咪咪地這麼說著的芙蘿拉身後，同學瑪麗娜跟奧莉加也探出頭來揮著手。

「閣下，祝您生日快樂。我只是代葉卡堤琳娜小姐稍微幫了一點忙而已。」

「廚房的人也說『請拿去慶祝吧』，放了很多東西進來喔。」

就連因為每天進出廚房而和葉卡堤琳娜她們變得很要好的廚房工作人員，聽說是兄長阿列克謝的生日，也獻上了祝福的樣子。太溫馨了吧。

阿列克謝將手抵上胸口，行了一禮。

「各位小姐。尤爾諾瓦公爵阿列克謝，向妳們致上感謝。」

看見這猶如一幅畫作般的身影，瑪麗娜跟奧莉加不禁輕聲揚起了尖叫。

她們兩個人要跟平常一樣在學生餐廳吃午餐，於是先離開了。就這樣，辦公室裡聚集著一如往常的成員，一起吃著比平常還更講究了一點的午餐。

到了最後，芙蘿拉也說著「這是我的一點小心意」，拿出在甜度稍減的磅蛋糕上用果乾點綴得很漂亮的點心，讓這個生日變得更加暖心了。

「欽拜雷，辛苦你了。」

抬起原本看著文件的臉，阿列克謝如此慰勞財務長欽拜雷。然而，他的話聲卻顯得嚴肅。

「眼下事態比我想像的還要不樂觀。雖然在你復職財務長之後總算步上了軌道，但這段時間你得專注於這件事才行。」

「遵命，閣下。」

頂著禿頭及一雙銀色的眼睛，大大的鷹勾鼻看起來就讓人覺得嚴謹的欽拜雷行了一禮。

「若是一如在下的推測，當時尤爾諾瓦正暴露在莫大的危機之中，可說是千鈞一髮。」

「你曾任祖父大人的財務長。既然最了解尤爾諾瓦財務的你都這麼說了，恐怕就是如此吧。你突然被解僱，讓一個沒見過的人占據財務長之職，本來就是場危機了。我還以為

她什麼都不知道，但祖母究竟是在想什麼啊——看來就連侍女的營私行為，也該重新調查一次事件的背景才行。該死。」

脫口而出有些粗魯的言詞，阿列克謝將文件拋回桌子上受到這個動作的影響，不小心讓筆滾落下去了。

「糟了。」

阿列克謝難得表現出慌張的樣子，趕緊把筆撿起來。這美麗的玻璃筆，是從葉卡堤琳娜手中收下的生日禮物。在各有不同旨趣的三支當中，這是其中一支像是將一把水藍色的刀刃收進透明劍鞘裡的筆。

阿列克謝盯著看了好一陣子。

上頭用古代亞斯特拉語的裝飾文字刻了「命運」、「幸運」、「力量」。代表只要兼具幸運及力量之人，就足以顛覆命運。

阿列克謝的表情顯得柔和了一些。自從收下妹妹送的這份禮物已經過了幾天，直到現在像這樣盯著看，仍舊會湧上喜悅的心情。

「真是件精美絕倫的禮物呢。」

諾華克這麼說了。他的表情雖然嚴謹，但感覺得出來是在替阿列克謝開心。

「是啊，不管是誰送的，我都會覺得這是十分精美的東西；同時，無論那孩子送給我什麼，我都會感到很開心——而她，送了這個給我。」

他感慨萬千地這麼說完之後，辦公室的親信們淺淺莞爾一笑。由於父親亞歷山大每年慶生都辦得太過盛大，活動內容又缺乏品格，再加上甚至還發生過女性之間為了搶奪亞歷山大而持刀引發爭執的事情，讓阿列克謝以前表現出接近抗拒慶生的反應。但在最愛的妹妹葉卡堤琳娜懷著真誠的心意替他慶生之後，心境上也產生了很大的變化。慶祝一個人誕生於世的日子，本來就是件開心的事情。

「大小姐真是位處處令人驚豔的人物。像植林也是，能夠接連想到任誰都想不到的事情，那份想像力真是驚人。」

礦山長艾倫一臉笑著這麼說。要是讓葉卡堤琳娜聽見了，她恐怕會抱頭在內心大喊「不好意思那不是我的發想！不好意思！」吧。

「真不愧為謝爾蓋公之孫，不過想必就連謝爾蓋公也會感到驚訝吧。」

諾華克這麼說道。

這時，商業流通長哈利洛「呵呵」地笑了起來。

「閣下，看來您從現在就要開始思考為了慶祝大小姐的生日，該贈送什麼才好了呢。收到這樣的禮物，回禮的難度應該很高。」

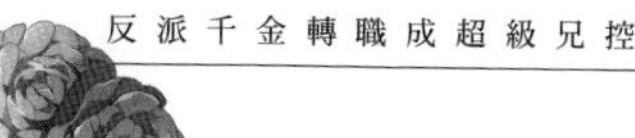

聽了這句話，阿列克謝睜大了一雙螢光藍的眼睛。

「哈利洛說的對。那孩子的生日……是在十二月吧。該送她什麼才好呢？」

就在不久前，阿列克謝才為了讚賞她考到優異的成績，打算贈送任何她想要的東西。但是，聽了這句話的葉卡堤琳娜，卻說想要的是跟兄長一起度過一天。

那孩子總是會給自己帶來驚奇。而且，葉卡堤琳娜帶來的驚奇當中，往往蘊含著喜悅。那應該是從愛跟體貼當中產生的吧。

「無論衣服還是寶石，她感覺一點也不想要。我還推薦過她什麼啊……馬、專屬馬車，以及城堡吧。然而這些全都無法吸引到她。」

雖然以上輩子的常識來說城堡是不可能的，但這種事情，當然是在距離阿列克謝他們的想像之外好幾光年的地方的想法。

「而且衣服跟寶石這種東西，跟從她手中收下的相比，作為禮物一點也不稀奇……我都要對自己缺乏想像力的程度感到絕望了。」

伸手扶額，阿列克謝沉吟般的這麼說。

這下子真是傷腦筋。

「如果是祖父大人，他會怎麼做呢？真想找他商量看看。」

腦中浮現了記憶中的祖父。祖父的眼睛是晴空的色彩，那該說是天色的顏色。替祖父跟阿列克謝兩人畫了肖像的那位畫家，也曾說過他們的雙眼都是難以表現出來的色彩。

葉卡堤琳娜似乎也很喜歡那幅肖像畫。她有時會去肖像畫的廳堂抬頭看著那一幅畫。以前阿列克謝是珍藏般的將那幅畫掛在自己的房間，但為了讓葉卡堤琳娜也能看見，就移到那裡去了，因此她能注目於那幅畫，也讓他感到很開心。

要是那段時間，當祖父大人還在世的時候，那孩子也能相伴在身邊，不知道該有多好……

這時，阿列克謝猛然抬起頭來。

「去聯絡哈爾汀卿……不，那一位畫師。」

「替閣下畫過肖像畫的那位哈爾汀畫師？那麼，請問是要訂購畫作嗎？」

諾華克一臉感到費解的樣子。阿列克謝則是點頭回應。

「對。盡快把他叫來宅邸……不，我去找他好了。他手邊應該還有很多訂單，得讓他以我為優先才行。然後，再讓葉卡堤琳娜見見他吧。為了不讓那孩子發現，要若無其事地進行安排。」

不知道葉卡堤琳娜會不會開心呢？光是想像這件事情，感覺心情便靜不下來，但這也是一種期待。相當期待。

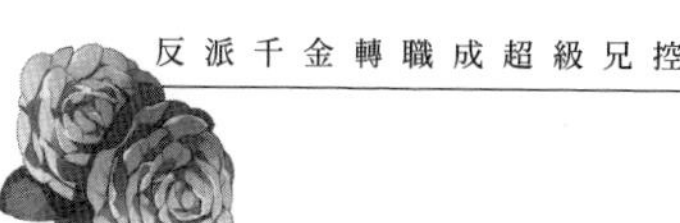

中。

「苦思要送什麼樣的禮物，也是一種樂趣呢。」

葉卡堤琳娜的生日在十二月，距離現在還很久。在那之前，都要將這份樂趣留在心中。

思及這也像是妹妹送的另一份禮物，阿列克謝便不禁莞爾一笑。

後記

非常感謝各位讀者閱讀至此。我是浜千鳥。

多虧了大家的支持，第二集才得以發行。謝謝各位。這讓我感到相當幸福。

第一集幾乎都是發生在魔法學園裡的事情，但第二集將故事背景拓展到了皇都，還有騎士團、宣示忠誠的儀式，以及皇帝陛下的行幸之類，或是想想覺得「對耶」然後就變成一項專案計畫（笑）……說真的，這些內容全都出自我的興趣喜好。

另外，這次有讓在第一集只出現過名字的角色出場，以及之前只短暫出現的角色，也讓他好好傾訴了一番。當然，第一集現身過的角色們也都精神飽滿地再次登場了。

更重要的是，葉卡堤琳娜依然是個兄控，阿列克謝也是個屹立不搖的妹控。不如說，妹控力更加提升了不少。身為作者這樣說好像不太對，但這兩個人沒問題嗎？呃，我這是在擔心什麼啊？

這次在進行第二集的發行作業時，最大動力來源就是「好想看八美☆わん老師的美麗插圖！」當然，老師也替這本第二集畫了相當精美的封面。老師，真的非常謝謝您。本作真是一部幸福的作品。

另外，關於要請老師畫出哪些場面的插圖這一類的選擇，我全都交給責任編輯了。能讓一位理解本作並投注愛情的編輯負責，我覺得是一件非常幸運的事。而且再次體認到阿列克謝是戴著單片眼鏡的角色真是太棒了（笑）。

本作是有在網站發表的作品。令人感激的是，許多人在網站上讀過，也會回饋感想給我。真不知道那些感想帶給我多大的鼓勵。

同時實在非常感謝寫下第一集感想或是推薦文的讀者們。還有讀者會寄送賀年卡到編輯部，讓我跟責任編輯都覺得這在現代是多麼珍貴，並滿懷感激。

能寫下這部作品，讓我覺得相當開心。我打從心底希望各位讀者們也能看得高興。

浜千鳥

聖女魔力無所不能 1~6 待續

作者：橘由華　插畫：珠梨やすゆき

**迦德拉皇子要來斯蘭塔尼亞王國留學，
奇怪的他居然鎖定了聖！**

聖用自製藥水幫了迦德拉船長一把，還找到念念不忘的日本食材，在港口城鎮充分享受愜意的時光。當聖對異國更感興趣時，突然接到迦德拉的皇子要來留學的消息。聽說皇子是為了鑽研學術而來，然而實際上似乎是來尋找在港口城鎮持有特殊藥水的人物——

各 **NT$200~230/HK$65~77**

藥師少女的獨語 1~9 待續

作者：日向夏　插畫：しのとうこ

為學得一身紮實的醫術，
藥師少女將接受習醫資格的考驗!?

壬氏這輩子最大膽的行動，害得貓貓與他之間共有了一個祕密。為了傷勢不可外揚的壬氏，多次偷偷去看診的貓貓盡己所能地治療。但誰也不能保證壬氏今後不會受更多的傷。礙於醫官貼身女官的曖昧立場，貓貓無法學習醫術，於是決定向羅門學醫。豈料——

各 **NT$220~260/HK$75~87**

國家圖書館出版品預行編目資料

反派千金轉職成超級兄控/浜千鳥作 ; 黛西譯. --
初版. -- 臺北市 : 臺灣角川股份有限公司,
2021.02-
冊 ; 公分. -- (Kadokawa fantastic novels)
譯自 : 悪役令嬢、ブラコンにジョブチェンジします
ISBN 978-986-524-248-0(第1冊 : 平裝). --
ISBN 978-986-524-625-9(第2冊 : 平裝)

861.57 109020417

Kadokawa
Fantastic
Novels

反派千金轉職成超級兄控 2

（原著名：悪役令嬢、ブラコンにジョブチェンジします 2）

2021年7月14日 初版第1刷發行

作　者：浜千鳥
插　畫：八美☆わん
譯　者：黛西

發行人：岩崎剛人
總編輯：蔡佩芬
編　輯：邱瓈萱
美術設計：吳佳昫
印　務：李明修（主任）、張加恩（主任）、張凱棋

發行所：台灣角川股份有限公司
地　址：105台北市光復北路11巷44號5樓
電　話：（02）2747-2433
傳　真：（02）2747-2558
網　址：http://www.kadokawa.com.tw
劃撥帳戶：台灣角川股份有限公司
劃撥帳號：19487412
法律顧問：有澤法律事務所
製　版：尚騰印刷事業有限公司
ISBN：978-986-524-625-9